U0005598

1級

文法一把抓

★收錄歷居考題
★增附敬語總整理

永石繪美　本局編輯部　編著

三民書局

國家圖書館出版品預行編目資料

1級文法一把抓／永石繪美,本局編輯部編著.－－二
版一刷.－－臺北市：三民，2007
　　面；　公分.－－(日語能力檢定系列)
參考書目：面
ISBN 978-957-14-4081-1　（平裝）

1.日本語言－文法

803.16

© 日語能力
檢定系列 1級文法一把抓

編 著 者	永石繪美　本局編輯部
企劃編輯	李金玲
責任編輯	李金玲　陳玉英
美術設計	郭雅萍
發 行 人	劉振強
著作財產權人	三民書局股份有限公司
發 行 所	三民書局股份有限公司
	地址　臺北市復興北路386號
	電話　(02)25006600
	郵撥帳號　0009998-5
門 市 部	(復北店)臺北市復興北路386號
	(重南店)臺北市重慶南路一段61號
出版日期	初版一刷　2004年8月
	二版一刷　2007年10月
編　　號	S 804800
定　　價	新臺幣260元

行政院新聞局登記證局版臺業字第○二○○號

有著作權‧不准侵害

ISBN　978-957-14-4081-1　（平裝）

序言

「日本語能力試驗」在日本是由財團法人日本國際教育支援協會，海外則由國際交流基金協同當地單位共同實施。自1984年首次舉辦以來，規模日益龐大，於2006年全球已有四十六個國家，共一百二十七個城市，逾四十五萬人參加考試。台灣考區也於1991年設立，如今共有台北、高雄、台中三個城市設有考場。

「日本語能力試驗」的宗旨是為日本國內外母語非日語的學習者提供客觀的能力評量。考試共分成4級，1級程度最高，4級程度最簡單，學習者可依自己的程度選擇適合的級數報考。報考日期定於每年八月至九月上旬，於每年十二月初舉辦考試。

在台灣，「日本語能力試驗」所認定的日語能力評量相當受到重視，不僅各級學校鼓勵學生報考，聽說許多公司行號在任用員工時，也要求其出示日本語能力試驗的合格證書。由於這樣的屬性，也使得「日本語能力試驗」的地位，猶如英語的托福考試一般。

為此，本局特地以日本國際教育支援協會與國際交流基金共同合編的《日本語能力試驗出題基準》為藍本，規劃一系列的日語檢定用參考書，期許讀者藉由本書的學習，能夠有越來越多的人通過日本語能力測驗。

最後，本書能夠順利付梓，要特別感謝日本國際交流基金的協助，提供歷年的考題，在此謹向國際交流基金致上謝意。

2007年10月
三民書局

前書き

　「日本語能力試験」は日本国内では財団法人日本国際教育支援協会が、日本国外では国際交流基金が現地機関の協力を得て実施しています。1984年に第1回が行われ、以来規模が年々大きくなって、2006年には世界46ヶ国計127の都市で、四十五万人を越える方がこの試験に参加しました。台湾でも1991年から、試験会場が設けられ、現在は台北と高雄と台中三つの都市で実施されています。

　「日本語能力試験」は、日本国内外の日本語を母語としない日本語学習者を対象に、その日本語能力を客観的に測定し、認定することを目的として行われています。試験は4つの級に分かれており、1級が最高レベル、4級が最低レベルになっています。学習者の皆さんは自分の能力に適したレベルの試験を受けることができます。出願期間は毎年8月から9月上旬で、毎年12月上旬に試験が行われます。

　台湾では、この「日本語能力試験」の認定した日本語レベルが重大視されています。各学校で生徒たちに出願を勧めているだけでなく、民間企業でも就職用の資格として日本語能力試験の合格証書が要求されることがあるようです。このような性格から、日本語能力試験は、英語の能力を測るテストTOFELに対応する位置づけができそうです。

こうした現状をふまえ、弊社はこの度、日本国際教育支援協会と国際交流基金共同著作・編集の『日本語能力試験出題基準』をもとに、日本語能力試験用の参考書シリーズを企画いたしました。本書を勉強して、一人でも多くの方が、日本語能力試験に合格できることを願っております。

　最後ではありますが、本書の編集出版に際し、試験問題を提供していただいた日本国際交流基金に紙面を借りてお礼を申し上げます。

２００７年１０月
三民書局

目次

日本語能力試験

§１級・文法テスト§

感謝日本國際教育支援協會暨國際交流基金提供考題

本書使用說明

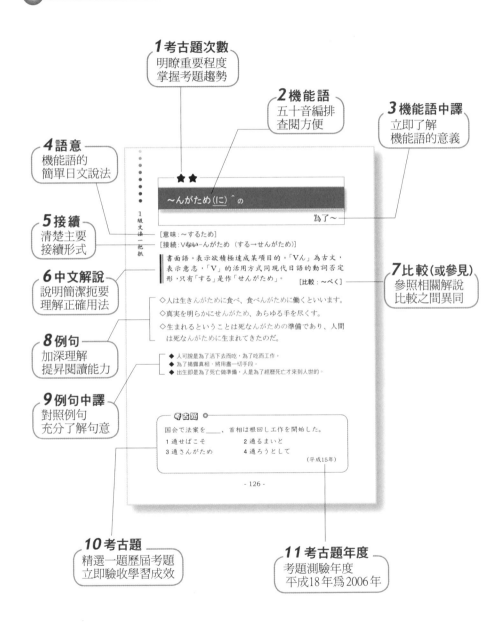

1 考古題次數
明瞭重要程度
掌握考題趨勢

2 機能語
五十音編排
查閱方便

3 機能語中譯
立即了解
機能語的意義

4 語意
機能語的
簡單日文說法

5 接續
清楚主要
接續形式

6 中文解說
說明簡潔扼要
理解正確用法

7 比較(或參見)
參照相關解說
比較之間異同

8 例句
加深理解
提昇閱讀能力

9 例句中譯
對照例句
充分了解句意

10 考古題
精選一題歷屆考題
立即驗收學習成效

11 考古題年度
考題測驗年度
平成18年為2006年

★★

〜んがため(に)〜の

為了〜

[意味:〜するため]

[接続:Vない〜んがため (する→せんがため)]

書面語。表示欲積極達成某項目的。「Vん」為古文，表示意志，「V」的活用方式同現代日語的動詞否定形，只有「する」是作「せんがため」。

[比較:〜べく]

◇人は生きんがために食べ、食べんがために働くといいます。

◇真実を明らかにせんがため、あらゆる手を尽くす。

◇生まれるということは死なんがための準備であり、人間は死なんがために生まれてきたのだ。

◆ 人可說是為了活下去而吃，為了吃而工作。

◆ 為了揭露真相，將用盡一切手段。

◆ 出生即是為了死亡做準備，人是為了經歷死亡才來到人世的。

考古題

国会で法案を____、首相は根回し工作を開始した。

1 通せばこそ
2 通るまいと
3 通さんがため
4 通ろうとして

(平成15年)

- 126 -

（左側邊欄：1級文法一把抓）

1 考古題次數 以 ★ 標示。

統計平成10年至18年1級文法測驗中的出現次數,一顆 ★ 表示出現一次。若為「☆☆」表示機能語語意2的考古題出現兩次,語意1則無考古題。「敬語」部分另涵括2級考古題時以白色☆標示。

2 機能語 照五十音編排。「敬語」部分則以語法功能統合整理。

2-1 括弧表示( )裡的字視語意、語感的不同可作添加。

2-2「︿」表後項置換前項;若有底線,則僅代換底線部分的字詞。以左頁範例為例,表示機能語除「〜んがため」另作「〜んがために」「〜んがための」,但之間未必可於例句中隨意替換,如例句1的「んがために」不能改用「んがための」。

2-3 另有「う̇」「れ̇」「せ̇」的特殊字,分別代表該機能語須用動詞的意向形、可能形、使役形。

3 機能語中譯 若機能語包含兩種語意時,以①②區分。

4 語意 機能語的簡單日文說法,當含兩種語意時,以①②區分。

5 接續 機能語前的主要接續形式。說明參見下頁『「接續」符號標記一覽表』。

6 中文解說 扼要說明機能語的用法及接續上的注意事項。

7 比較(或參見) 參照類似機能語的解說,比較之間異同。若為「參見:辨析3」表參見附錄辨析3的解說。

8 例句 2、3、4級以外且較難的漢字加註假名,減輕學習的負擔。句中的機能語並套色顯示。

9 例句中譯 對照日文例句,幫助了解句意。

10 考古題 從歷屆考題精選一題,立即測驗學習成效。

11 考古題年度 考題出現的測驗年度。收錄年度為平成10年(西元1998年)至平成18年(西元2006年)。

「接続」符號標記一覽表

符　號	代　表　意　義	用　　　　例
N	名詞	鳥・先生
NA	ナ形容詞的語幹	親切・きれい
NAな	ナ形容詞的連體形	親切な・きれいな
NAで	ナ形容詞的て形	親切で・きれいで
NAなら	ナ形容詞的假定形	親切なら・きれいなら
A	イ形容詞的語幹	暑・大き
Aい	イ形容詞的辭書形	暑い・大きい
Aくて	イ形容詞的て形	暑くて・大きくて
Aければ	イ形容詞的假定形	暑ければ・大きければ
V	動詞的普通形 (亦表示動詞的連體修飾形)	買う・買わない・ 買った・買わなかった
Vる	動詞的辭書形	買う・食べる・来る・する
R	動詞的連用形(不含ます)	買い・食べ・来・し
Vない	動詞的否定形	買わない・食べない・来ない・しない
Vず	動詞的文語否定形	買わず・食べず・来ず・せず
Vて	動詞的て形	買って・食べて・来て・して
Vた	動詞的た形	買った・食べた・来た・した
Vば	動詞的假定形	買えば・食べれば・来れば・すれば
V<可能>	動詞的可能形	買える・食べられる・ 来られる・できる
V<使役>	動詞的使役形	買わせる・食べさせる・ 来させる・させる
V<意向>	動詞的意向形	買おう・食べよう・来よう・しよう

（　）表可省略括弧內的字詞或作補充說明。

；　　區隔不同詞類的接續用法。例如——
　　　　「Nのかたわら；Vる-かたわら」
　　　　「Nとは；NA-とは；Aい-とは；V-とは」

／　　表除前項外，亦可接續後項，「或」之意。有時因版面考量會以「／」代替「；」作簡單標示。例如——
　　　　「Nの／NAな／Aい／Vる／Vない-きらいがある」

範例

1　「NA(であり)-ながら」表示「ながら」前接續「である」的連用形或可省略「であり」。

2　「Nを皮切りに　（Vの-を皮切りに）」表示「を皮切りに」前主要以名詞接續，若遇動詞，須先加「の」名詞化後再接續。

3　「Vる／Vた-そばから」表示「そばから」前可接動詞的辭書形或た形。

附註

1　「Nの・NAな」「Nだ・NAだ」接續機能語時，有時亦會使用「Nである」「NAである」的形式，但本書不特別明示。除非通常以「である」接續機能語時才會明確標示。

2　「Nの・NAな」「Nだ・NAだ」「Aい」等接續機能語時，有時亦可使用其否定形或過去式的形式，但需視機能語及句子的語意而定。若通常以否定形或過去式接續機能語時，則明確標示。

3 「Ｖ」接續機能語時，有時亦涵蓋「Ｖている」及其否定形，<u>若只能以「Ｖている」接續機能語時，則明確標示</u>。

4 本書追加詳解三項未收錄於表中的機能語：「～うものなら」「～というもの」「～といわず～といわず」。皆為曾出現於考題中的重要句型。

《日本語能力試驗　出題基準》書中載明四點注意事項，歸納要點如下：

(1) 1、2級考題皆涵蓋3、4級文法之內容。1級考題並涵蓋2級機能語表之內容。

(2) 1、2級機能語表屬於範例性質，純粹提供測驗之出題方向，不表示測驗完全按照本表出題，或不出現本表以外之機能語句。

(3) 《出題基準》3、4級列出的文法項目中，若另外具有相當於1、2級難度的用法者，其皆未列於本表中，但於1、2級測驗仍會適當出題。

(4) 1、2級機能語表中，有同項機能語涵蓋兩種以上用法的情形，其用法差異可由後欄例句看出，但此點不表示不會出現例句以外用法的考題。

綜結以上要點，可以瞭解文法的出題範圍廣泛，並不完全侷限於《出題基準》所整理刊載的內容，但其整理的表格仍有助於掌握考題的出題方向。

1級機能語表

＊本表援引日本國際教育支援協會及國際交流基金著作、編輯的
《日本語能力試驗　出題基準》一書，方便讀者查詢、參考。
＊套色數字爲本書頁次。

機　能　語	用　　例
〜あっての*20*	あなたあっての私
〜いかんだ/〜いかんで/〜いかんでは/〜いかんによっては*21*/〜いかんによらず/〜いかんにかかわらず*22*	考え方いかんだ/結果いかんでは/対応のいかんによらず/成否のいかんにかかわらず
〜う(意向形)が*23*/〜う(意向形)が〜まいが/〜う(意向形)と〜まいと*24*	いかに困ろうが/彼が来ようが来まいが/人に迷惑をかけようとかけまいと
〜う(意向形)にも〜ない*25*	行こうにも行けない
〜かぎりだ*27*	心細いかぎりだ
〜が最後*28*	そんなことになったが最後
〜かたがた*29*	お見舞いかたがた
〜かたわら*30*	勉学のかたわら/仕事をするかたわら
〜がてら*31*	散歩しがてら
〜が早いか*32*	チャイムが鳴るが早いか
〜からある*33*	50キロからあるバーベル
〜きらいがある*34*	人の意見を無視するきらいがある
〜極まる/〜極まりない*35*	失礼極まる態度/不健全極まりない
〜ごとき/〜ごとく*36*	彼ごとき青二才/前述のごとく/予想したごとく
〜こととて*37*	休み中のこととて/慣れぬこととて
〜ことなしに*38*	人の心を傷つけることなしに
〜しまつだ*39*	ついには家出までするしまつだ

〜ずくめ 40	結構なことずくめ
〜ずにはおかない 41	罰を与えずにはおかない
〜ずにはすまない 42	本当のことを言わずにはすまない
〜すら／〜ですら 43	歩くことすら／大学の教授ですら
〜そばから 44	教えるそばから忘れてしまう
ただ〜のみ／ただ〜のみならず 102	ただそれのみが心配だ／ただ東京都民のみならず
〜たところで 45	言ってみたところでどうにもならない
〜だに 46	夢にだに見ない／想像するだに恐ろしい
〜たりとも 47	1円たりとも無駄には使うな
〜たる 48	議員たる者
〜つ〜つ 49	行きつ戻りつ
〜っぱなし 50	開けっぱなし／言いっぱなし
〜であれ 51／〜であれ〜であれ 52	たとい王様であれ／何であれ／男であれ女であれ
〜てからというもの 53	彼が来てからというもの
〜でなくてなんだろう 54	これが愛でなくてなんだろう
〜ではあるまいし 55	君ではあるまいし、そんなことをするものか
〜てやまない 56	念願してやまない
〜と相まって 57	人一倍の努力と相まって
〜とあって 58／〜とあれば 59	年に一度のお祭りとあって／子供のためとあれば
〜といい〜といい 60	壁といい、ソファーといい、薄汚れた感じだ

～というところだ／～といったところだ 61	時給は700円から1000円というところだ／帰省？　まあ、2年に1回といったところだ
～といえども 63	子供といえども／老いたりといえども
～といったらない／～といったらありはしない（ありゃしない）64	おかしいといったらない／ばかばかしいといったらありはしない
～と思いきや 66	ちゃんと受け取ったと思いきや
～ときたら 67	あいつときたら、もうどうしようもない
～ところを 68	お忙しいところを／危ないところを
～としたところで 70／～としたって 69／～にしたところで 70／～にしたって 92	私としたところで、名案があるわけではない／この問題にしたって、同じことだ
～とは 71	そこまで言うとは、彼も相当なものだ
～とはいえ 72	留学生とはいえ
～とばかりに 73	泣けとばかりに
～ともなく／～ともなしに 74	見るともなく見ている／聞くともなしに聞いていた
～ともなると／～ともなれば 75	春ともなると／大臣ともなれば
～ないではおかない 41	攻撃しないではおかない
～ないではすまない 42	謝らないではすまないだろう
～ないまでも 76	空港まで迎えに行かないまでも
～ないものでもない 77	ひょっとして、引き受けないものでもない
～ながらに 78	涙ながらに訴えた
～ながらも 79	狭いながらも楽しいわが家／子供ながらも必死になっている

～なくして／～なくしては 80	愛なくして何の人生か／真の勇気なくしては正しい行動をとることはできない
～なしに／～なしには 80	断りなしに入るな／涙なしには語れない
～ならでは／～ならではの 81	彼ならでは不可能なことだ／彼ならではの快挙
～なり 82	そう言うなり出て行った
～なり～なり 83	行くなり帰るなり、好きにしなさい
～なりに 84	私なりに考えて出した結論だ
～にあたらない／～にはあたらない 85	驚くにはあたらない
～にあって 86	この非常時にあっていかにすべきか
～に至る 88／～に至るまで 89／～に至って／～に至っては／～に至っても 87	借金の額に至るまで調べられた／ことここに至ってはどうしようもない
～にかかわる 90	人の名誉にかかわるようなこと
～にかたくない 91	想像にかたくない
～にして 93	これはあの人にして初めてできることだ／あの優秀な彼にしてこのような失敗をするのだから
～に即して／～に即しては／～に即しても／～に即した 94	規定に即して処理する
～にたえる 96／～にたえない 95,96	鑑賞にたえる絵／聞くにたえない／遺憾にたえない
～に足る 97	満足するに足る成績
～にひきかえ 98	勉強家の兄にひきかえ、弟は怠け者だ
～にもまして 99	それにもまして気がかりなのは家族の健康だ

～の至り 100	光栄の至り
～の極み 101	感激の極み
～はおろか 103	漢字はおろかひらがなも書けない／意見を述べることはおろか、まともに顔を見ることさえできない
～ばこそ 104	あなたのことを考えればこそ
～ばそれまでだ 105	鍵があっても、かけ忘れればそれまでだ
ひとり～だけでなく／ひとり～のみならず 106	ひとり本校のみならず、わが国の高校全体の問題だ
～べからず／～べからざる 107	入るべからず／言うべからざること
～べく 108	友人を見舞うべく、病院を訪れた
～まじき 109	学生にあるまじき行為
～までだ／～までのことだ 110	できないのなら、やめるまでだ
～までもない／～までもなく 111	わざわざ行くまでもない／今さら言うまでもなく
～まみれ 112	どろまみれ
～めく 113	春めく
～もさることながら 114	親の希望もさることながら
～ものを 115	知っていれば、助けてあげたものを
～や／～や否や 116	ベルが鳴るや／玄関を出るや否や
～ゆえ／～ゆえに／～ゆえの 117	戦争中のことゆえ／貧しさゆえに／病気ゆえの不幸
～をおいて 118	あなたをおいて会長適任者はいない
～を限りに 119	今日を限りに禁煙する／声を限りに叫ぶ
～を皮切りに／～を皮切りにして／～を皮切りとして 120	今度の出演を皮切りに

1級機能語表

～を禁じ得ない 121	同情を禁じ得ない
～をもって 122	本日をもって終了する／身をもって経験する／非常な努力をもってその行事を成功させた／君の実力をもってすれば
～をものともせずに 123	敵の攻撃をものともせずに
～を余儀なくされる／～を余儀なくさせる 124	退学を余儀なくされる／撤退を余儀なくさせる
～をよそに 125	親の心配をよそに／勉強をよそに遊びまわる
～んがため／～んがために／～んがための 126	勝たんがための策略
～んばかりだ／～んばかりに／～んばかりの 127	帰れと言わんばかりの顔

本書除詳細介紹1級文法機能語的用法外，另特地依據《出題基準》的敬語整理表彙整敬語的相關用法，除簡單的敬語部分不作特別說明外，其餘皆詳細說明於自第134頁起的「敬語總整理」。

～あっての

因為有～才有…

[意味：～があるから…が成立する]

[接続：Nあっての]

> 強調後項是因為前項的存在才得以成立。「沒有前項，就沒有後項」的意思。前接人或事物。

◇健康あっての仕事だ。体には十分気をつけよう。

◇愛あっての結婚だ。愛がなければ結婚する意味がない。

◇どんな小さな成功も努力あってのことだ。

◇ファンあってのスターなのだから、人気者になったからといって傲慢(ごうまん)になってはいけない。

◆ 有了健康才能工作。可要好好注意身體。

◆ 因為相愛所以結婚。沒有愛情結婚就沒意義了。

◆ 不論再小的成功，都需要有努力才能達成。

◆ 有影迷才有明星的存在，可別因為受歡迎就驕傲。

考古題

こうして私たちが商売続けられるのも、お客様＿＿＿のものと感謝しております。

1 だって　　　2 あって　　　3 かぎり　　　4 ばかり

（平成17年）

～いかんで(は) によって(は)・だ

視～而定；全憑～

[意味：～によって(左右される)]
[接続：N(の)いかんで]

> 「いかん」的意思是「如何」，前接關鍵事物時，意指其變動將直接左右後項的變化。類似2級的「次第で」。

◇話し方いかんで、人の気持ちは変わるのだから、言葉には気をつけなければならない。

◇話し合いの結果いかんでは、ストライキも辞さない覚悟だ。

◇大統領のいかんによって、国の政策も大きく変わる。

◇合格できるかどうかは、本人の努力いかんです。

◆ 說法不同，人的心情也會不一樣，因此說話必須謹慎才行。
◆ 視協商的結果，也有不惜罷工的決心。
◆ 國家的政策也會因總統而大為改變。
◆ 能不能及格端看個人的努力。

考古題

出席状況・学業成績＿＿＿、奨学金の支給を停止することもある。

1 のいかんでは　　　　　2 のきわみで

3 といえども　　　　　　4 としたって

（平成18年）

～いかんによらず／にかかわらず

不論～

[意味：～と関係なく]
[接続：N(の)いかんによらず]

▌前接名詞，表示不管該因素如何如何，後項都成立。
▌類似2級的「～を問わず」。

◇理由のいかんによらず、遅刻や欠席は認めません。

◇選挙の結果いかんによらず、選挙違反や不正行為のあった者に議員になる資格はないのではないか。

◇当日は天候のいかんにかかわらず、9時に現地集合です。

◆ 不論理由為何，就是不准遲到及缺席。

◆ 不論選舉結果為何，有違反選舉及不正當行為的人就是沒有資格成為議員，不是嗎？

◆ 不管當天的天氣如何，9點要到現場集合。

考古題

出席欠席の＿＿＿、同封した葉書にてお返事くださるようおねがいいたします。

1 そばから　　　　　2 ないまでも

3 次第にしては　　　4 いかんによらず

（平成14年）

～うが～と(も)

不管～都…

[意味:たとえ～したとしても]

[接続:V〈意向〉-が]

動詞意向形加「が」或「と(も)」時，相當於「Vても」的書面語，表示舉例強調，通常為極端的假設例，意指後述情形無論如何不受影響。

[比較:～うが～まいが]

◇彼女は一度眠りについたら、雷が落ちようが地震が起ころうが、絶対に目を覚ましません。

◇誰に何と言われようとも自分で決めたことだから最後までやりたい。

◇どこで何をしようが人の勝手だから、余計なことをしないでください。

◆ 她一旦睡著了，不管打雷或是地震，都絕對不會醒的。

◆ 因為是自己決定的事，所以不管別人說什麼，我都要堅持做下去。

◆ 到哪裡做什麼是他人的自由，別多管閒事。

考古題

だれが何と＿＿＿＿と、謝る気は全くない。

1 言おう　　2 言う　　3 言った　　4 言われる

(平成14年)

～うが～まいが ＾と

不管～或不～，都…

[意味：～しても～しなくても関係なく]

[接続：Ｖ＜意向＞-が Ｖる-まいが (参見辨析1)]

> 前後的「～」為同一個動詞，表示某項動作成立也好不成立也好，都無法動搖後面要說的行動或結論，語氣極為堅定。

[比較：～うが]

◇アルコールを飲もうが飲むまいが、会費は一律3000円です。

◇A：昨日の夜電話したんだけど、家にいなかったね。

　B：家にいようがいまいが私の勝手でしょう。

◇ベストを尽くしてやれば、成功しようとしまいと関係ないのではないか。

◆ 不管喝不喝酒，會費一律要三千日圓。

◆ A：昨晚撥了電話給你，可是你不在家呢。
　 B：要在家或不在家是我的自由吧。

◆ 只要盡自己最大努力，成功與否並不重要不是嗎？！

考古題

周囲の人が反対＿＿＿＿、私の気持ちは変わらない。

1 しないとばかりに　　　　2 したそばから

3 しようとしまいと　　　　4 するとすれば

(平成16年)

★★★ ～うにも～れない

就算想～也無法～

[意味：～したくても～できない]
[接続：V〈意向〉-にも V〈可能〉-ない]

前後的「～」為同一個動詞，強調即使有意願也無法進行某項動作，為假設性的說法。類似2級的「～ようがない」。

◇台風でMRTをはじめ公共交通機関がストップしてしまった。これでは、会社へ行こうにも行けない。

◇彼女は怒ると僕の話を全く聞こうとしないので、謝ろうにも謝れない。

◇電話番号も住所もわからなかったので、連絡しようにもできなかったのです。

◆ 捷運等各項大眾運輸工具因颱風都停駛了。這麼一來，就算想去上班也沒辦法去。
◆ 她生起氣來一句話也不肯聽我講，就算想道歉也沒辦法道歉。
◆ 連電話號碼、地址都不知道，就算想聯絡也沒辦法。

考古題

こんなに騒がしい部屋では、赤ん坊を＿＿＿寝かせられない。

1 寝かせるかたわら　　　2 寝かせつつも
3 寝かせるがはやいか　　4 寝かせようにも

(平成17年)

～うものなら

要是～的話

[意味：もし～したら、（大変だ）]
[接続：V＜意向＞-ものなら]

前接動詞意向形，表示假設真有如此舉動，屆時可能會有後文提示的不好情形產生，略帶誇張的用法。

◇今日の試験で失敗しようものなら、今までの努力が無駄になってしまう。

◇山口（やまぐち）先生はとても厳しい。宿題を忘れようものなら、授業を受けさせてもらえない。

◇部長は口うるさい。仕事中にちょっと私用電話をかけようものなら、一日文句（しょう）を言い続ける。

◆ 要是今天的考試失敗的話，之前的努力就都白費了。
◆ 山口老師非常嚴格，要是忘記寫作業的話，就無法上他的課。
◆ 經理非常囉唆。要是工作中稍微打一下私人電話，就會一整天唸個不停。

考古題

彼に一言でも＿＿＿＿、あっという間にうわさが広がってしまうだろう。

1 話そうとも　　　　2 話すにしても
3 話そうものなら　　4 話すにとどまらず

（平成15年）

～限（かぎ）りだ

～極了

［意味：非常に～だと思う］
［接続：NAな-限りだ；Aい-限りだ］

「限り」意指極限，前接個人内心情緒，形容感受極
為深刻。此為慣用用法，只能用於第一人稱。

［比較：～極まる、～の至り］

◇アメリカに留学している彼が明日帰る。うれしい限りだ。
◇渡辺（わたなべ）君の彼女は美人で頭もいい上に性格もいい。うらや
　ましい限りだ。
◇有能な鈴木さんが実家（じっか）の都合で退職（たいしょく）されるそうだ。残念
　な限りである。

◆ 去美國留學的男朋友明天就要回來了，真令人高興。
◆ 渡邊的女朋友很漂亮，既聰明個性又好，真是令人羨慕。
◆ 聽說能幹的鈴木小姐因為娘家的關係而要離職，真是遺憾。

考古題

小学校からずっと仲のよかった彼女が遠くに引っ越すの
は、寂しい____。

1 ほかない　　　　2 に限る
3 限りだ　　　　　4 にほかならない

（平成17年）

～が最後（さいご）～たら

一旦～

[意味：～したら、必ず…]
[接続：Vた－が最後]

前接動詞た形，強調前述事件一旦發生，便再也沒有轉圜餘地。用法類似「～うものなら」。

[比較：～うものなら]

◇富士の樹海（じゅかい）で迷ったが最後、生きて帰った者はいない。

◇政治家は誠実（せいじつ）なイメージが大切だ。スキャンダルが発覚（はっかく）したが最後、国民の信頼を取り戻すのは難しい。

◇彼は気難しい人です。一度つむじを曲げたら最後、なかなか機嫌がなおりません。

◆ 一旦在富士樹海迷了路，沒人能活著回來。

◆ 政治家給人誠實的印象至為重要。一旦爆發醜聞，就很難再次取得人民的信賴。

◆ 他是個很難相處的人。一旦鬧起彆扭，心情就不容易平復。

考古題

こんな貴重な本は、一度手放した＿＿＿＿、二度と再びこの手には戻って来ないだろう。

1 そばから　　　　2 とたんに

3 ところで　　　　4 がさいご

（平成15年）

～かたがた

～並且做…

[意味：～を兼ねて…する]
[接続：Ｎかたがた]

前接動作性名詞，表示在做該動作時一併達成另一個目的，通常意指同一件事。多用於書信或客套寒暄，為正式用語，後文常出現移動動詞。　　[比較：～がてら]

◇ご出産おめでとうございます。今度、お祝いかたがた赤ちゃんの顔を拝見しにうかがいます。

◇帰国のあいさつかたがたおみやげを持って先生のお宅を訪問した。

◇入院中はお見舞いに来てくださってありがとうございました。退院のご報告かたがたお礼まで。

◆ 恭喜您生小孩了，這次專程前來向您祝賀並且看看小寶寶。
◆ 特地拜訪老師家報告回國一事，並同時帶上禮品。
◆ 感謝入院期間您前來探望，特此向您報告我已出院，並致上謝意。

考古題

先日お世話になったお礼＿＿＿、部長のお宅にお寄りしました。

1 までも　　2 なくして　　3 ならでは　　4 かたがた

（平成12年）

～かたわら

在～之餘；在～同時

[意味：～する一方で、…する]
[接続：Ｎのかたわら；Ｖる-かたわら]

> 表示在前述主要事情之外，另外分配時間做次要的事，二者同步進行。類語「～ながら」則是指在同一時間內進行兩項動作。

[參見：辨析２]

◇ このホームページは子育て(こそだ)のかたわら、作っています。

◇ 台北で中国語を学ぶ外国人はたいてい授業のかたわら、英語も教えている。

◇ 将来自分の店を持つために、調理(ちょうり)の専門学校で勉強するかたわら、夜はレストランでアルバイトしています。

◆ 這個網頁是在帶孩子之餘所製作的。
◆ 在台北學中文的外國人大多在上課之餘也教英文。
◆ 為了將來能有自己的店，除了在餐飲學校上課之外，同時晚上也在餐廳打工。

考古題

彼は会社勤めの＿＿＿、福祉活動に積極的に取り組んでいる。

1 かたわら　　2 あまり　　3 うちに　　4 いかんで

（平成16年）

〜がてら

〜並且做…

[意味：〜のついでに…する]
[接続：Nがてら；R-がてら]

表示在做某項動作的期間，一併執行後項，通常是前項動作執行過程中的延伸。後文常出現移動動詞。用法類似「〜かたがた」，但比較口語。　[參見：辨析3]

◇「新しい車を買ったの？じゃあ、ドライブがてら駅まで送ってくれない？」

◇駅前のスーパーまで散歩がてら買い物に行った。

◇デパートの特設会場で写真展をやっているそうだ。買い物しがてら見に行ってみよう。

◆「買了新車啦？那麼，可不可以送我到車站就當是兜風？」
◆ 散步到車站前的超市並去買東西。
◆ 據說百貨公司的展示會場正在舉辦攝影展，我們購物的同時也去看看吧。

考古題

週末にはドライブ＿＿＿、新しい博物館まで行ってみようと思う。

1 なりに　　2 がてら　　3 がちに　　4 ながら
（平成18年）

～が早いか

剛～就…

[意味：～するとすぐ…]
[接続：Vる-が早いか]

形容動作銜接緊湊。前接動詞辭書形，強調後項行為幾乎同步發生；常用於描述同一主語偶發的連續動作。

[比較：～なり、～や(否や)]

◇学生たちはチャイムが鳴るが早いかいっせいに本やノートを片づけ始めた。

◇夫は相当疲れていたらしく、ベッドに入るが早いか、いびきをかいて寝てしまった。

◇子猫はよほどお腹がすいていたらしい。えさをやるが早いか、皿に飛びついて食べ始めた。

◆ 下課鐘一響，學生們就一起開始收起課本、筆記來了。
◆ 我先生好像很累的樣子，一上床就打起呼睡著了。
◆ 小貓好像肚子很餓的樣子，一餵牠食物，就飛奔到盤子前開始吃了起來。

考古題

授業終了のベルを聞くが＿＿＿、生徒たちは教室を飛び出して行った。

1 早くて　　　2 早いか　　　3 早くも　　　4 早ければ

(平成18年)

～から<u>ある</u>＾する・の

多達～

[意味：～ぐらいか、それ以上；～以上ある]
[接続：数量詞＋からある]

> 前接數量詞，強調某事物數量之多或之大。「～から
> ある」用於表示重量、長度等；「～からする」表示價
> 值；「～からの」則主要用於表示人數。

[比較：～というところだ]

◇身長２メートルからある大男（おおおとこ）が、突然目の前に現れた。

◇田中さんは300万からする車を現金で買ったそうです。

◇社長の娘さんの結婚式には300人からの人がお祝いに駆（か）け
つけたそうだ。

◆ 眼前突然出現一個身高達２公尺的長人。
◆ 據說田中先生以現金購買了高達300萬的車子。
◆ 據說總經理女兒的結婚典禮上有多達300位的賓客趕去祝賀。

考古題

100キロ＿＿＿荷物を３階まで運ぶには、足腰の強い人が
３人は必要だ。

1 でもない　　2 しかない　　3 までなる　　4 からある

（平成18年）

～きらいがある

有～傾向；有～壞毛病

[意味：～という(よくない)傾向がある]
[接続：Nの/NAな/Aい/Vる/Vない－きらいがある]

▌表示行為上具有某種不令人欣賞的現象、傾向，「きらい」為名詞，意指不好的傾向。

◇ 関口さんは、何でもものごとを悪いほうに考えるきらいがある。

◇ 最近の若者は忍耐力がなく、何をするにもすぐにあきらめてしまうきらいがある。

◇ アジアの学生は授業中受け身で、あまり自分の意見を言わないきらいがある。

◆ 關口小姐什麼事動不動就往壞處想。
◆ 最近的年輕人沒什麼耐心，不論做什麼事都容易很快就放棄。
◆ 亞洲學生有上課時被動、不太說出自己意見的壞毛病。

考古題

人は年をとると、周りの人の忠告に耳を貸さなくなる____。

1 きざしがある　　　　2 あてがある

3 みこみがある　　　　4 きらいがある

（平成18年）

～極まる ^ 極まりない

～至極

[意味：最高に～だ]

[接続：漢語NA–極まる]

特殊用法，前接漢語ナ形容詞語幹，表示其程度到達極致，多作負面用法。此為說話者的主觀評價。「極まりない」為形容詞，意指「極端的、無限的」。

[比較：～限りだ、～の極み]

◇あの店員の接客は不愉快極まる。

◇こんな風が強い日に小型のボートで沖に出るなんて、危険極まりない。

◇首相の軽率極まりない発言に、国内ばかりか海外からも批判の声があがった。

◆ 那位店員對客人的態度真是令人不快至極。

◆ 在風這麼強的日子裡搭小船出海，真是太危險了。

◆ 對於首相輕率至極的發言，不光是國內，連海外也響起了批判的聲浪。

考古題

食事をしているときまで、他人のたばこの煙を吸わされるのは、迷惑＿＿＿。

1 きわまりない　　　　2 きわまらない

3 きわまりえない　　　4 きわめない

（平成18年）

～ごとし ＾ごとき・ごとく

有如～

[意味：～ようだ]
[接続：Nのごとし；V-(が)ごとし]

> 文言，漢字作「～如し」，表示宛如某種模樣，意即「～ようだ」。變化形「～ごとき」即「～ような」；「～ごとく」等於「～ように」。

[参見：辨析4]

◇「光陰矢の如し」と言いますが、この一年も矢のごとく過ぎていきました。

◇彼女の彫刻のごとき横顔は本当に美しい。

◇彼は事件には関係していないかのごとく、知らぬふりをしていた。

◇彼は彼女を見るなり青ざめて、飛ぶが如く駆け出していった。

◆ 俗話說：「光陰似箭」，這一年又像箭一般飛逝了。
◆ 她那如同雕像般的側臉真是美麗。
◆ 他裝著一副好似事不關己一樣。
◆ 他一見到她就臉色發青，一溜煙地跑走了。

考古題

暑い日に草むしりをしていたら、汗が滝＿＿＿流れてきた。

1 のごとく　　　　　2 なりに
3 らしく　　　　　　4 じみて

（平成18年）

～こととて

因為～

[意味:～だから;～ので]
[接続:Nの/NAな/Aい/V-こととて]

┃ 表示託辭，前接理由，後文通常鋪陳關於請求諒解或
┃ 是道歉的話語。略為舊式的用法。

◇ 遠地(えんち)のこととて遅くなってしまいました。

◇ 連絡もなしにお客様がいらっしゃったが、急(きゅう)なこととて
何のおもてなしもできなかった。

◇ 慣れないこととて、失礼いたしました。

◇ 新人(しんじん)のやったこととて、大目(おおめ)に見てやってください。

◆ 因為路途遙遠而來晚了。
◆ 客人沒有連絡就來了，因為太突然，什麼都沒能招待。
◆ 因為還不習慣，真是對不起。
◆ 因為是新進人員做的，就請您別再追究。

考古題

新しい家を買うため見に行ったが、夜の＿＿＿ 日当たりの
ことはわからなかった。

1 こととて　　　　2 ことさえ
3 ことには　　　　4 ことでは

（平成10年）

～ことなしに

沒有～地

[意味：～しないで]

[接続：Vる－ことなしに]

> 副詞用法，前接動詞辭書形，表示在沒有做～的情形下直接進行。當後文為否定的可能表現時，用法類似「～なくしては」。

[比較：～なくして(は)]

◇本人の考えをリアルに聞くことなしに勝手に解釈^{かいしゃく}するな。

◇だれにも知られることなしに、準備を進めなければならない。

◇人は他人に迷惑をかけることなしに生きていけない。

◆ 沒有實際聽當事人的想法就不要隨便做解釋。

◆ 準備工作必須在不讓任何人知道的情形下進行。

◆ 人凡事不麻煩別人的話是無法生存的。

 考古題

親友は、細かい事情を聞くこと＿＿＿、私にお金を貸してくれた。

1 ないで　　2 なくて　　3 なしに　　4 ないか

（平成18年）

～始末だ

最後甚至～

[意味：～（悪い）結果になった]

[接続：Vる/Vない−始末だ]

> 「始末」在此作「不理想的結果」解釋，表示在一連串不好的事件後，落得某種結局。慣用語「こ/あの 始末だ」意為「落到這/那種結局」。

◇ ああした方がいい、こうした方がいいと大騒ぎしたあげく、このしまつだ。

◇ 紀美子はお金もないのにブランド品をよく買っている。最近は借金までして買い物する始末だ。

◇ 悪徳業者にだまされたあげく、今は家賃も払えない始末だ。

◆ 一下那樣好，一下這樣好，鬧了半天是這種結局。

◆ 紀美子明明沒錢卻常買名牌，最近甚至到了借錢買東西的地步。

◆ 被惡劣業者欺騙的結果，現在落得連房租都付不出來的下場。

考古題

体を鍛えようとジョギングを始めたが、走りすぎて膝を痛めてしまい、病院に通う＿＿＿。

1 結果だ 　　2 始末だ 　　3 一方だ 　　4 のみだ

（平成18年）

1級文法一把抓

～ずくめ

清一色～

[意味：～ばかり]
[接続：Nずくめ]

接尾語，搭配固定的名詞，表示充斥著單一事物。造語力弱，常見的有「～ことずくめ、黒ずくめ、ごちそうずくめ」等。

◇彼はちょっと変わった人で、毎日黒ずくめの服を着ている。

◇きょうは朝からいいことずくめでしあわせな気分だ。

◇最近たくさんの友達から結婚式の招待状をもらう。おめでたいことずくめなのはけっこうだが、お祝いを準備するのも大変だ。

- ◆ 他有些奇怪，每天都穿著一身黑。
- ◆ 今天一早開始就一直有好事發生，感覺好幸福。
- ◆ 最近收到好多朋友的婚禮邀請函，雖然全都是喜事不錯啦，但要準備賀禮也不輕鬆。

考古題

今年は、息子の結婚、孫の誕生と、めでたいこと＿＿＿一年だった。

1 まみれの　　2 ずくめの　　3 めいた　　4 っぽい

（平成17年）

～ずにはおかない ＾ ないで

絶對會～

[意味：必ず～する]

[接続：Vず－にはおかない；Vない－ではおかない]

表示與外界互動下被激發的自然反應，主語為人或事物皆可，用於事物時，表示對人具有某種影響力。

[参見：辨析5]

◇その子供の利発さは大人を感心させずにはおかない。

◇今日こそあなたの浮気のことを白状させないではおかないわよ。

◇体罰が日常茶飯事だった時代は、教師が怒ると生徒を殴らないではおかなかったので、生徒はおとなしく従ったものでした。

◆ 那個孩子的聰明伶俐一定會得到大人們的賞識。

◆ 今天非要讓你把外遇的事情說清楚講明白不可。

◆ 在體罰為家常便飯的時代，老師一生氣，肯定會揍學生的，所以學生都乖順。

考古題

この映画は評判が高く、見る者を感動させずには＿＿＿だろう。

1 ならない	2 いけない
3 しない	4 おかない

（平成14年）

～ずにはすまない（～ないで）

不～不行

[意味：～しなければならない]

[接続：Ｖずー にはすまない；Ｖない－ではすまない]

> 表示情勢發展上由不得不做某項抉擇，否則不管是道義、常理上都交代不過去。亦可作「～ないわけにはいかない」。反義詞為「～ずにすむ」。

[比較：～ずにはおかない]

◇国会議員の汚職が発覚した。今度ばかりは秘書だけでなく議員自身も辞職せずにはすまない。

◇人に借りたお金は返さないではすまない。

◇同僚のほとんどが寄付金を出しているのだから、僕も出さないではすまないだろう。

◆ 爆發了國會議員的貪污事件。這一次不光是秘書要辭職，連議員本人也必須辭職。

◆ 跟人借的錢非還不可。

◆ 因為幾乎所有的同事都捐了款，看來我不捐不行吧！

考古題

あの社員は客の金を使ったのだから処罰＿＿＿＿。

1 するわけはないではないか　　2 されずにはすまないだろう

3 せずともよいのではないか　　4 してはいられないであろう

（平成10年）

～すら ～ですら

連～都…

[意味：～さえ]
[接続：Nすら]

> 「さえ」的書面語。前接指標性的事例，強調如果連該例都有如後文的表現，其他例子更不用說。前面修飾的名詞為主格時，通常作「～ですら」。

[比較：～だに]

◇英文科の学生すら読めない小説が私に読めるはずがない。

◇あの患者は重い病気のため、一人では食事すらできない。

◇そんなこと、子供ですら知っているよ。

◆ 連英文系的學生都沒辦法讀的小說，我怎麼可能讀得懂。
◆ 那個病患因為病得很重，連吃飯都沒辦法自己來。
◆ 這種事情，連小孩都知道呀！

── 考古題 ●

この地域の再開発に自分がかかわることになろうとは＿＿＿。

1 想像すらしていなかった　　2 想像することができた

3 想像さえしたわけだ　　　　4 想像しないではいられない

(平成17年)

～そばから

剛～就…

[意味：～したあと、すぐに…]
[接続：Vる/Vた－そばから]

> 前接動詞的辭書形或た形，表示後項動作立刻從旁將其成效抵銷，而且一再如此。形容常態性的動作。

◇息子はこづかいをやったそばから使ってしまう。

◇あの店の肉まんはとてもおいしくて、作るそばから売れていくので、いつ行っても売り切れです。

◇祖父は最近ますます物忘れが激しくなって、私が何を話しても聞いたそばから忘れてしまう。

◆ 我兒子一拿到零用錢就馬上花光。
◆ 那家店的肉包非常好吃，一做出來馬上就賣掉了，不管什麼時候去都是賣光的狀態。
◆ 我祖父最近健忘得越來越厲害，不管我講什麼，他聽完馬上就忘了。

考古題

かたづける＿＿＿＿子どもがおもちゃを散らかすので、いやになってしまう。

1 あとでは　　2 そばから　　3 よそには　　4 ことまで

（平成13年）

★★★ ～たところで（・・・ない）

就算～也（不…）

[意味：～しても、（期待する結果はない）]
[接続：Vた－ところで]

逆接假設用法。前接動詞た形，通常後接否定，表示
說話者主觀認為即使做了該動作，也難以有期待的結
果出現。　　　　　　　　　　　[比較：～としたって]

◇ 妻に浮気（うわき）がばれてしまった。謝ったところで許してはく
　れないだろう。

◇ 結婚式は来週だ。今更（いまさら）ダイエットしたところで、あのド
　レスは着られない。

◇ どちらにしたところで、そうたいした差があるとは思え
　ない。

◆ 外遇的事情被妻子知道了。就算道歉也不會原諒我吧！
◆ 婚禮就在下個禮拜。就算現在開始減肥也穿不下那件禮服。
◆ 不論選擇哪一個，都無法想像有什麼大不了的差別。

考古題

いくら急いだ＿＿＿ 始発のバスにはもう間に合わない。

1 もので　　　　　　2 ようで
3 ところで　　　　　4 かぎりで

（平成12年）

～だに

連～也…；光是～就…

[意味：～さえも]
[接続：N（＋助詞）だに；Ｖる-だに]

書面語。表示「僅僅」，前面提示微量、不足道的動作，強調連小事都如此了，更遑論其他更進一步的作為了。

[比較：～すら]

◇ 忠列祠の衛兵はまっすぐ前を見て微動だにせず立っている。

◇ 同じ課でとなりの席の高橋君が社長の息子だったとは夢にだに思わなかった。

◇ 地震のことなど想像するだに恐ろしい。

◆ 忠烈祠的憲兵眼睛直視前方，一動也不動地站立著。
◆ 作夢也沒想到同一課隔壁座位的高橋竟是總經理的兒子。
◆ 光是想像地震就覺得很恐怖。

～たりとも（・・・ない）

即使（一點）～也（不…）

[意味：～だけでも(…ない)]
[接続：数量詞＋たりとも]

書面語。前接數量詞，而且通常是最小單位「1」，後接表示否定的字眼，強調即使絲毫也不容許，為全面否定的說法。

◇試験まであと10日しかない。1分たりとも休んではいられない。

◇最後に別れたあの日から、あなたのことを考えなかった日は1日たりともありません。

◇どんな相手でも、試合が終わるまでは一瞬たりとも油断はできない。

◆ 距離考試只剩10天了，即使一分鐘也不能鬆懈。
◆ 自從與你最後一別的那天開始，我沒有一天不想你。
◆ 不論對手是誰，在比賽還沒結束之前，一刻也不能鬆懈。

考古題

募金で集めたお金は1円＿＿＿＿無駄にできない。

1 もかまわず　　　　2 もそこそこに
3 かたがた　　　　　4 たりとも

（平成16年）

～たる

身為～的

[意味：～の(偉い)立場にある]
[接続：Nたる]

> 書面語。前接身份、定位、資格等，修飾後面名詞，通常為「者」。主要用於說明具備相當身份程度者，應具備何種風範等。

◇教師たる者、生徒の模範でなければならない。

◇子育ては親たる者の当然の責任です。

◇議員たる者は、国民の利益を最優先し、国のために自己犠牲を厭わないくらいの覚悟を持ってもらいたい。

◆ 身為教師，必須作學生的榜樣。
◆ 養育小孩是身為父母親理所當然的職責。
◆ 希望身為議員的人，能有以國民的利益為最優先、為國家不惜犧牲自己的覺悟。

考古題

警官＿＿＿＿者、そのような犯罪にかかわってはいけない。

1 なる　　　2 たる　　　3 なりの　　　4 ならではの

(平成12年)

～つ～つ

又～又～地

[意味：～たり～たり]
[接続：R－つ R－つ]

表示動作反覆來回、消長，形容「一會兒這樣一會兒那樣」，前後動詞須互為反義詞、或是同一動詞的主動與被動形，後者常可譯成「互相～」。

◇行こうか行くまいか。行きつ戻りつ考えた末、行かないことにした。

◇子供たちが流した笹(ささ)の葉は浮(う)きつ沈(しず)みつ流れていった。

◇寒い夜は夫婦でさしつさされつ熱燗(あつかん)を飲むのが楽しみです。

◇伊藤さんとは持ちつ持たれつ、長年家族ぐるみの付き合いをしている。

◆ 去或不去，反覆來回踱步想了又想的結果，決定不去了。
◆ 孩子們放入水中的竹葉載浮載沉地向下流去。
◆ 寒夜裡夫婦相互倒酒並一起喝著溫熱的酒是一種樂趣。
◆ 我們與伊藤先生相互扶持，長年一家大小互有往來。

考古題

事実を言おうか言うまいかと、廊下を＿＿＿考えた。

1 行くも戻るも　　　　　2 行きつ戻りつ

3 行くやら戻るやら　　　4 行くなり戻るなり

(平成10年)

～っぱなし

①任由～不管　②一直～

[意味:①～したまま　②～しつづけている]
[接続:R-っぱなし]

接尾語，前接動詞連用形，表示①做了之後沒有收拾。②某項動作發生後未獲改善，一直持續。皆作負面用法。

◇靴を脱いだら脱ぎっぱなしにしないで、ちゃんと靴箱(くつばこ)に入れてください。（①）

◇妻ときたら、本を読んだら読みっぱなし、お茶を飲んだら飲みっぱなし、片づけるのはいつも僕だ。（①）

◇帰省(きせい)ラッシュで電車は満員だったので、台北から台南までずっと立ちっぱなしだった。（②）

◆ 別鞋子脱了就丟著不管，請整齊地放進鞋櫃裡。
◆ 說到我老婆，書看到哪就丟到哪，茶喝了就放著，收拾整理的總是我。
◆ 返鄉人潮擠得列車客滿，所以從台北到台南，我一路站著。

考古題

水を＿＿＿にして、歯を磨くのはもったいないですよ。

1 出しがてら　　　　2 出しっぱなし
3 出すほど　　　　　4 出すのみ

（平成17年）

～であれ

即使～也…

[意味：～でも]
[接続：Nであれ]

舉例假設，搭配「たとえ」或疑問詞，用於說明自己的主張堅定，不會因任何特例而動搖。書面語。

[比較：～としたって]

◇ どんな親の子供であれ、教育を受ける機会は平等である。

◇ 彼の過去がどうであれ、私の彼に対する気持ちは変わりません。

◇ たとえ国会議員であれ、法律に反するようなことはしてはいけない。

◆ 無論是怎樣的父母所生，孩子受教育的機會都平等。
◆ 無論他的過去如何，我對他的心意不會改變。
◆ 即使是國會議員，也不可以做諸如違法的事。

考古題

たとえ子供＿＿＿、自分のしたことは自分で責任をとらなければならない。

1 ならば　　　　　2 であれ

3 ならでは　　　　4 であると

（平成11年）

～であれ～であれ

不管是～還是～

[意味：～の場合も～の場合も]

[接続：NであれNであれ]

隨意列舉事例以說明後述主張，帶有暗示其他未提及的同類情形也是如此之意。亦可作「～であろうと～であろうと」。

[比較：～といい～といい]

◇現金であれ物であれ、もらえる物ならなんでもうれしい。

◇出産予定日は来月の７日だ。男であれ女であれ五体満足で生まれてくれればそれでいい。

◇学生の恋愛であれ OL の不倫であれ、好きな人を想うせつない気持ちは同じです。

◆ 不論是現金或物品，只要能收到東西，不管是什麼都高興。

◆ 預產期是下個月7號。不論是男是女，只要生下來四肢健全就好。

◆ 不論是學生時候的戀愛或是辦公室女郎的外遇，思念喜歡的人那種難受的心情都是相同的。

～てからというもの

自從～

[意味：～してから、（前と違う状態になった）]
[接続：Vて–からというもの]

> 前接動詞て形，表示以該動作為分界點，發覺事情有了轉折，和以前明顯不同，語帶感嘆。

[參見：辨析6]

◇ 台湾に来てからというもの、毎日油っこい物ばかり食べているので太ってしまった。

◇ 夫は結婚してからというもの、私を大切にしてくれなくなった。結婚前はあんなに優しかったのに…。

◇ 隣のご主人は、奥さんが亡くなってからというもの、ほとんど外出しなくなった。

◆ 自從來了台灣以後，每天都光吃些油膩的食物所以變胖了。
◆ 自從結婚之後，我先生就不再呵護我了，婚前是那樣溫柔的說……。
◆ 隔壁的男主人自從太太過世後，變得幾乎很少外出。

考古題

この道具を一度＿＿＿、あまりの便利さに手放せなくなってしまった。

1 使わないにしろ　　　　2 使っただけあって

3 使ってからというもの　4 使ってからでなければ

（平成17年）

～でなくてなんだろう

不是～又是什麼呢？

[意味：確かに～だと思う]

[接続：Nでなくてなんだろう]

> 置於句尾。以反問的語氣對某件事下定義，訴求聽者的共鳴，等同直接斷定。多用於文學作品或是演講中。

◇文明病が豊かで便利な現代生活の代償でなくてなんだろう。

◇そのキャンプでは国籍にかかわらず、誰もが互いの文化を尊重することを学んだ。これが国際交流でなくてなんだろう。

◇その母親はすべての食料を子供に与え、自分は飢えのため死んでしまった。これが母性愛でなくてなんだろう。

◆ 文明病不是物質富裕且便利的現代生活的代價又是什麼呢？

◆ 在那個生活營裡，不論國籍人人都學到了尊重彼此的文化。這不是國際交流又是什麼呢？

◆ 那個母親把所有食物都給了孩子，自己餓死。這不是母愛又是什麼呢？

考古題

戦争で多くの人が殺されているなんて、これが悲劇＿＿＿＿。

1 でやまない　　　　　　2 でなくてなんだろう

3 だといったところだ　　4 だといったらありはしない

（平成15年）

～ではあるまいし ^じゃ

又不是～

[意味：～ではないから、（当然…）]
[接続：Nではあるまいし]

> 前接刻意且明顯的反例作為理由，凸顯後文的合理性。常見用於口語中。

◇ロボットではあるまいし、休みなしで働くなんて無理です。

◇男：お願い！ 1000万円貸して。

　女：銀行じゃあるまいし、そんな大金(たいきん)あるわけないでしょう。

◇十代の娘じゃあるまいし、そんな派手なリボンはつけられませんよ。

◆ 又不是機器人，要人不休息一直工作怎麼可能。

◆ 男：拜託啦！借我1000萬日圓。
　 女：又不是銀行，怎麼會有那麼大一筆錢。

◆ 我又不是十幾歲的小女孩，怎麼能別那麼花俏的緞帶呢！

考古題

お客さんにきちんとあいさつするくらい、＿＿＿、言われなくてもやりなさい。

1 子どもじゃあるまいし　　2 大人じゃあるまいし

3 会社じゃあるまいし　　4 世間じゃあるまいし

（平成13年）

～てやまない

不停～；一直～

[意味：ずっと～ている]
[接続：Vて-やまない]

> 正式用語。表示將會一直持續不變，前接與祈願、情感相關的動詞て形，敬體為「～てやみません」。

◇サッカーブラジル代表チームのスピードとテクニックを
　発揮したプレーは、観戦(かんせん)する者を魅了(みりょう)してやまない。

◇一日も早く中東和平(ちゅうとう)が実現し、子供たちが幸せに暮らせ
　るようになることを願ってやみません。

◇お父様のお体は一日も早いご回復を祈ってやみません。

◆ 一場充分展現了巴西足球代表隊的速度及球技的比賽，令觀看的人們
　　如癡如醉。
◆ 衷心祈願中東和平早日實現，孩子們可以幸福生活。
◆ 衷心祈禱令尊的身體早日康復。

　　考古題

多くの困難にも負けず、努力を続けている彼女はすばらしい。私は彼女の成功を＿＿＿＿。

1 願うわけにはいかない　　　2 願ってやまない

3 願うにはあたらない　　　　4 願わないばかりだ

（平成16年）

～と相まって

與～相輔相成

[意味:～と影響・作用し合って]
[接続:Nと相まって]

> 正式用語。表示與某項事物相結合,互相作用產生加倍的效果,多半用在好的方面。

◇ このステーキは最高級品だ。柔らかい肉は、十分に行き渡った脂肪分とあいまって、コクのある味わいを出している。

◇ この村は周囲の山々の景色と相まって、とても綺麗です。

◇ 厳しい経済状況と相まって、就職は非常に困難だった。

- ◆ 這塊牛排是最頂級的。軟嫩的肉質,與均勻分布的油脂相互搭配,創造出濃厚香醇的滋味。
- ◆ 這個村莊與周圍山景相融,非常美麗。
- ◆ 受到嚴峻經濟狀況的影響,就業非常困難。

考古題

ふるさとを歌ったこの歌は、子どものころの思い出と＿＿＿、私の心に深く響く。

1 あれば　　　　　2 いったら
3 するなら　　　　4 あいまって

（平成13年）

～とあって

由於是～

[意味：～という事情なので]
[接続：Nとあって；V-とあって]

前接原因、理由，用於說明後文觀察到的特殊現象的發生背景。書面語，常見於新聞報導當中。類語為「～ことから」。

◇夏休み最後の日曜日とあって、行楽地はどこも家族連れでにぎわっている。

◇4年に1度の市長選挙とあって、台北市内はどこも旗とポスターだらけだ。

◇本家の長男が結婚するとあって、全国から親戚一同が集まった。

◆ 由於是暑假的最後一個星期天，遊樂勝地到處都是全家出遊，非常熱鬧。
◆ 由於是4年一次的市長選舉，台北市內到處都是旗幟及海報。
◆ 由於是嫡長子要結婚，來自全國各地的親戚們齊聚一堂。

考古題

人気俳優が来ると＿＿＿、このイベントのチケットはあっという間に売り切れた。

1 あって　　2 あれば　　3 思いきや　　4 思えば

(平成18年)

～とあれば

如果是～

[意味：～なら]

[接続：Nとあれば；V-とあれば]

> 「～とあって」的假設用法，用於表示只有某項前提才會有特殊待遇，以此凸顯該前提的份量。

◇わが家には余分に使えるお金はないが、子供の教育のためとあれば出費は厭わない。

◇お客様のご要望とあれば、できる限りのことをさせていただきます。

◇あまり気が進まないが、社長が行くとあればお供しないわけにはいかない。

◆ 我家雖沒有多餘可運用的錢，但如果是為了小孩的教育則不惜花費。

◆ 只要是客戶要求，我們就會極力配合。

◆ 我本身不太願意，但若總經理要去，我就必須陪同。

考古題

彼は、お金のため＿＿＿、どんな仕事でも引き受ける。

1 は問わず　　　　2 をもとに

3 とあれば　　　　4 にとっては

（平成14年）

～といい～といい

無論是～還是～

[意味：～も～も]
[接続：Nといいといい]

表示列舉數項具體例，用於佐證對他人或事物所作的評價或批判。類語「～であれ～であれ」主要是作假設用法，二者略有不同。

[比較：～であれ～であれ]

◇花蓮（かれん）といい墾丁（こんてい）といい台湾には大自然とふれあえる観光地が多い。

◇服といいアクセサリーといい彼女の身につけている物はすべて有名なブランド品（ひん）だ。

◇校長といい教頭（きょうとう）といいこの学校の教師は、学校の体裁（ていさい）と自分の地位ばかりを気にして生徒のことを考えていない。

◆ 無論是花蓮還是墾丁，台灣能與大自然親近的觀光景點非常地多。
◆ 無論是衣服還是飾品，她身上穿戴的東西全都是名牌。
◆ 無論是校長還是教務主任，這所學校的老師，都只關注學校的體面與自己的地位，未替學生設想。

考古題

あの店の服は、品質＿＿＿デザイン＿＿＿申し分ない。

1 といい／といい　　　2 をとり／をとり
3 として／として　　　4 をよそに／をよそに

(平成13年)

～というところだ

大致上不過～

[意味：だいたい～だ]
[接続：N/副詞＋というところだ]

▌表示關於程度的約略印象，而且通常是不突出的程度水準。

[比較：～からある]

◇ この店のラーメンは、味はまあまあというところですが、ボリュームは満点です。

◇ このアルバイトの時給は800円というところだ。

◇ A：あとどのくらいかかりそう？

　B：そうね…2時間といったところかな。

◆ 這家店的拉麵味道不過平平，份量卻很足。
◆ 這份兼職的時薪差不多是800日圓。
◆ A：看來還需要多久時間？
　B：嗯……大概2個鐘頭吧。

考古題

日本滞在経験のある彼だが、日本語でできるのはあいさつや自己紹介＿＿＿。

1 といってはいられない　　2 というほどだ

3 といったところだ　　　　4 というものでもない

（平成18年）

～というもの

在～期間（一直…）

[意味：～という長い間]
[接続：Nというもの]

> 前接時間或期間，強調某件事持續了好一陣子，後接該期間持續的行為。

◇ 田中さんはこの一週間というもの、仕事どころではないようだ。

◇ この十年というもの、経済発展による社会的な変化や環境破壊を見てきた。

◇ 燻製作りが始まってから数時間というものは煙は立ち昇り続けます。

◆ 田中先生這個星期好像一直無心於工作。
◆ 這十年來，我一直看著經濟發展所帶來的社會變化與環境破壞等。
◆ 煙燻製作開始後數個鐘頭期間，一直有煙持續冒出升起。

考古題

彼女はここ１か月＿＿＿＿授業を休んでいる。

1 としては　　　　　2 というもの
3 ともなると　　　　4 としてみると

（平成15年）

～といえども

雖說～

[意味：～でも；～けれども]
[接続：Nといえども；V-といえども]

表示推翻某人或事物給外界的部分既定印象，前面提示主題，後接出乎人想像外的實際狀況、說明。

[比較：～とはいえ]

◇プロといえども時に失敗することがあります。

◇亜熱帯気候に属する台湾といえども、冬は寒気団の影響を受けてとても寒くなることがある。

◇老いたといえども記憶力は衰えない。

◆ 就算是專家也偶爾會失敗。
◆ 雖說台灣是屬於亞熱帶氣候，冬天受到冷氣團的影響，有時也會變得非常冷。
◆ 人雖老記憶力卻不減。

考古題

国際政治の専門家＿＿＿、日々変化する世界情勢を分析するのは難しい。

1 とあって　　　　　2 にしては
3 にかけては　　　　4 といえども

(平成16年)

～といったらない ^ありはしない

真是～

[意味：そんなに～ことは他にはない]
[接続：Nといったらない；Aい－といったらない]

> 表示無法用言語形容，前接形容詞或是關於感受、狀態的名詞，可作正負面用法。「～といったらありはしない」則只能作負面用法。口語簡略成「ったらない」。

◇失敗を恐れず果敢に挑む社長の頼もしさといったらないと思う。

◇テスト中、あまりの緊張におならをしてしまった。その時の恥ずかしさといったらなかった。

◇ヤクザに絡まれた時、彼は私を守るどころか、私をおいて逃げ出した。情けないといったらありはしない。

◇エアコンのない部屋は暑いったらありゃしない。

◆ 不怕失敗，勇於挑戰的總經理，真是非常值得依賴。
◆ 考試中，因為太緊張放了屁，真是糗死了。
◆ 被流氓糾纏的時候，他不但沒保護我，還丟下我獨自逃跑，真是令人悲嘆。
◆ 沒有空調的房間真是熱斃了。

～といわず～といわず

不分～或～（都…）

[意味：～も～もみんな]
[接続：NといわずNといわず]

> 表示隨便舉個例都是，不用特定指定A或是B，用於強調全面性的事物。

[比較：～といい～といい]

◇あいつを頭といわず背中といわず、めちゃくちゃ叩いた。

◇たんすといわず押し入れといわず、家中(うちじゅう)は泥棒に入られたように荒らされていた。

◇あの人の家は床といわず便座(べんざ)といわず、いっさいがすべて黄金造(おうごんづく)りだそうです。

◆ 我朝著那傢伙不分頭或是後背地亂打一通。
◆ 不管是衣櫃或壁櫥，家裡像遭了小偷似地一片狼藉。
◆ 聽說那個人的家不管是地板或是馬桶座，全部都是用黃金打造。

考古題

部屋の中の物は、机＿＿＿いす＿＿＿、めちゃくちゃに壊されていた。

1 によらず／によらず　　2 というか／というか
3 といわず／といわず　　4 においても／においても

（平成15年）

～と思いきや

原以為～卻…

[意味：～と思ったら、そうではなくて]
[接続：N（だ）/NA（だ）/Aい/V－と思いきや]

表示驚訝事情的演變出乎原先意料，前面多以推量「～か」「～だろう」的形式出現，代表推論，後接實際情形。

◇海辺の町で育ったと聞いていたので、さぞかし泳ぎがうまいだろうと思いきや、水に浮くこともできないらしい。

◇もうとても追いつけないだろうと思いきや、驚くほどの速さで彼は一気に先頭に走り出た。

◇寝ているだろうと思いきや、ずっと起きていた。

◆ 因為聽說他在海邊長大，想說那泳技應該很高超，可是好像連浮在水面上都不會。
◆ 以為他遠遠追不上了，沒想到他以驚人的速度一口氣跑在第一位。
◆ 原以為(他)已經睡著了，沒想到一直醒著。

考古題

友人の一人娘が結婚することになった。さぞ喜んでいるだろう＿＿＿、娘がいなくなるさびしさに、ため息ばかりついているそうだ。

1 と思いきや　　　2 といえども

3 とばかりに　　　4 というもので

（平成15年）

～ときたら

説到～

[意味：～は；～と言ったら]
[接続：Nときたら]

> 表示隨口提起話題，作負面用法，後面緊接著敘述對該話題的不滿看法，通常用於對身邊熟悉的人事物提出責備。

◇姉ときたら、最近おしゃれのことばかり気にしている。

◇妻ときたら、月曜日は生け花教室、水曜日はダンス教室と習い事ばかりで家事を全くしてくれない。

◇息子の部屋ときたら、足の踏み場もないほど散らかっている。

◆ 說到我老姊，最近只關心打扮的事。
◆ 說到我老婆，星期一是插花教室，星期三是舞蹈教室，只會學東學西，家事全都不做。
◆ 說到我兒子的房間，簡直亂到沒有站的地方。

考古題

最近の若い親と＿＿＿＿、子どもが電車の中で騒いでいても、ちっとも注意しようとしない。

1 あれば　　2 いえども　　3 ばかりに　　4 きたら

（平成17年）

～ところを

在正～時

[意味：～の時に]

[接続：Nのところを；Aい－ところを]

> 慣用表現，通常作「お～ところを」，表示覺得打擾到對方當時的狀態。「を」後面動詞句的部分可省略，直接接關於請託、致歉、感謝等客套話。

◇お休みのところを起こしてしまってすみません。

◇お忙しいところを、申し訳ありませんが、少しだけ時間をいただけないでしょうか。

◇お楽しみのところを、大変恐縮ですが、これでおひらきとさせていただきます。

◆ 在您正休息的時候吵醒您，真是不好意思。

◆ 百忙之中，真是不好意思，能不能請您給我一點點時間？

◆ 大家正開心的時候，實在非常過意不去，就容我們在此散會。

考古題

お忙しい＿＿＿恐れ入りますが、どうかよろしくお願い申し上げます。

1 ところを　　2 ものを　　3 ときを　　4 ことを

（平成17年）

～としたって

就算～也…

［意味：仮に～しても］

［接続：Nだ／NAだ／Aい／V－としたって］

前接假設事實，意指即使其為真，也不能改變原先抱持的意見、看法、結論等。

［比較：～たところで、～であれ］

◇相手が誰だとしたって躊躇（ちゅうちょ）せずに自分の意見を言う、そういう人間でありたい。

◇たとえお金が山のようにあったとしたって、夫婦の関係が悪ければ幸せだとは言えません。

◇タイムマシーンは架空（かくう）のもので、人は過去に帰ることはできない。帰れたとしたって、過去を変えることはできないはずだ。

◆ 不管對方是誰都能毫不猶豫地說出自己的意見，真想成為那樣的人。

◆ 就算有堆積如山的錢，夫妻之間的關係不好就稱不上是幸福。

◆ 時光機器是虛構的東西，人是無法回到過去的，就算能回去，應該也無法改變過去。

～としたところで ^に

即使是～也…

[意味：～の立場の人・物でも]
[接続：Nとしたところで]

> 慣用表現，前面通常接人，表示假設換個立場，後接即使如此，情形沒有不一樣的結論。口語中常作「～としたって」「～にしたって」。　　[比較：～たところで]

◇話し合いはこれといった進展のないまま、深夜まで続いた。リーダーである私としたところで名案があるわけではない。

◇あなたにしたところで、自分の説が正しいと断言できる明確な根拠はないでしょう。

◇台湾より物価水準が高いと言われる日本にしたところで、うまく節約すればかなり安く旅行することも可能です。

◆ 討論毫無進展地持續到深夜，即使是身為領導者的我，也想不出好辦法。
◆ 即使是你，也沒有明確的證據能斷言自己的說法正確吧。
◆ 即使是比台灣物價水準還高的日本，如果節約得法的話，也可以很便宜地旅行。

～とは

竟有～的事

[意味：～なんて]
[接続：Nとは；NA-とは；Aい-とは；V-とは]

> 表示對某件事感到極為不可思議，特地提出。後接說話者個人的感想，帶有感嘆、驚訝、不滿的語氣，後句有時亦可省略。

◇ サッカーワールドカップであの国が準決勝^{じゅんけっしょう}に残るとは全く驚いた。

◇ 人にはお金を借りておきながら、ありがとうの一言も言わないとは、あきれた人だ。

◇ 部下からそんなことを言われるとは、さぞ不愉快だっただろう。

◆ 世界盃足球賽裡那個國家居然能留到準決賽，真令人訝異。
◆ 向別人借了錢卻連聲謝謝都不說，真是個令人愕然的人。
◆ 被部下說成那樣，想必心裡一定很不是滋味。

考古題

著名な画家の行方不明になっていた作品が発見＿＿＿、非常に喜ばしいことだ。

1 されたとは　　　　2 されては

3 されるのには　　　4 されるかどうか

（平成16年）

- 71 -

～とはいえ

雖說是～

[意味：～だが]

[接続：N(だ)/NA(だ)/Aい/V－とはいえ]

||表示對某件事實持保留看法，後接說話者的補充說明。
類似２級的「～といっても」。

[比較：～といえども]

◇彼は台湾人とはいえ、子供の頃からアメリカで現地（げんち）の学校へ通っていたので中国語はあまりできません。

◇刃物（はもの）は危険だとはいえ、全く子供に触（ふ）らせないのはよくありません。

◇これからは、人はみな自分の健康は自分で管理しなければならない。子どもとはいえ、例外ではない。

◆ 雖說他是台灣人，但從小就上美國當地的學校，中文不太會。
◆ 雖說利器危險，但全不讓孩子碰也不太好。
◆ 今後每個人都得自己做健康管理，雖說是小孩，也不例外。

考古題

仕事が山のようにあって、日曜日＿＿＿＿、出社しなければならない。

1 にそって　　　　2 ともなく

3 とはいえ　　　　4 にそくして

（平成13年）

★★

～とばかり（に）

（舉止）彷彿在說～

[意味：～と言いたいような様子で]

[接続：N（だ）/NA（だ）/Aい/V－とばかり]

▌ 前接句子，表示雖然沒有明說，但呈現出來就是那個樣子或企圖，「～と言わんばかり（に）」的縮略。前接動詞時，通常是否定或命令形。　[比較：～んばかり（だ）]

◇ 彼女はお年寄りが目の前に立っても、席を譲るどころか、私には関係ないとばかりに寝たふりを始めた。

◇ 子犬達（こいぬ）は餌の準備を始めると、すぐに足元にやってきて、早く食わせろとばかりに大騒ぎします。

◇ 彼が姿を現すと、大勢のファンは待っていましたと言わんばかりに歓声（かんせい）をあげた。

◆ 老人家就站在面前，她不僅不讓座，還一副與我無關的樣子開始裝睡。

◆ 每當開始幫小狗們準備食物，牠們就馬上跑到腳邊來，一副趕快給我們吃的樣子騷動不安。

◆ 他一現身，大批歌迷就彷彿期待已久般地高聲歡呼。

考古題

天まで届け＿＿＿＿、声をかぎりに歌った。

1 っぱなしで　　　　2 というところが

3 とばかりに　　　　4 ながらも

（平成18年）

～とも<u>なく</u>／なしに

不自覺地～

[意味：なんとなく～していたら]

[接続：Vる－ともなく]

> 慣用表現，前接「見る、言う、聞く、考える」等感官的意志動詞，表示並非刻意，而是無意識之間便做了該行為。

◇喫茶店でコーヒーを飲みながら、見るともなく窓の外を見ていた。

◇家に帰ると聞くともなしにラジオをつけています。静かすぎるのは寂しいですから。

◇彼女にふられた夜、何を考えるともなしに一晩中寝ないで過ごした。

◆ 在咖啡廳裡邊喝著咖啡，邊漫不經心地看著窗外。

◆ 一回到家，也沒在聽就把收音機打開著，因為太過安靜會覺得寂寞。

◆ 被她甩了的夜晚，也沒在想什麼，就整晚沒睡直到天明。

考古題

母は、ぼんやり、テレビを見るとも＿＿＿見ていた。

1 なしに　　　2 なくて　　　3 ないで　　　4 ないと

（平成16年）

～ともなると ^{^なれば}

一旦換作是～

[意味：～という立場になると；～という特別な時になると]
[接続：Nともなると]

前接特殊的立場、層級，表示一旦進展到此，情形自然另當別論。主要用於強調階段的差異性。

◇ 普通の社員はバスや地下鉄などで出勤しているが、社長ともなると専用駐車場が用意されている。

◇ 大学生は遊んでばかりいるように思われるが、4年生ともなれば就職活動や卒業論文で大忙しだ。

◇ <ruby>堅<rt>かた</rt></ruby><ruby>苦<rt>くる</rt></ruby>しい儀式は苦手だが、自分の結婚式ともなればそうも言ってはいられない。

◆ 一般的員工都是搭公車或地下鐵上下班，如果是總經理的話，則會準備專用的停車位。

◆ 一般認為大學生只會玩，其實一到4年級，找工作及寫畢業論文就夠忙了。

◆ 雖然我最怕一板一眼的儀式，但如果是自己的結婚典禮，那就無可奈何。

考古題

大寺院の本格的な修理＿＿＿、かかる経費も相当なものだろう。

1 をかえりみず　　　　2 ともすると

3 をものともせず　　　4 ともなると

（平成18年）

～ないまでも

即使不～也…

[意味：～の程度でなくても]
[接続：Vない‐までも]

> 表示對於事物程度的看法，強調就算未達到前項，至少也是後項的水準。後項為相對下程度較低的要求。

◇見舞いに来ないまでも、電話ぐらいはするものだ。

◇日本語能力試験に合格したかったら、1日5時間とは言わないまでも、毎日こつこつ勉強することです。

◇僕の彼女は女優のようだとは言えないまでも、美人でかわいいと思う。

- ◆ 就算不來探望，至少也要打電話來才對。
- ◆ 若想通過日本語能力測驗，雖說不用一天唸5小時，但每天還是要用功。
- ◆ 我的女友雖沒有像女明星一樣，但也長得漂亮且可愛。

― 考古題 ―

プロのコックとは＿＿＿、彼の料理の腕はなかなかのものだ。

1 言わないまでも　　　　2 言うまでも

3 言わないほども　　　　4 言うほども

（平成18年）

～ないものでもない

倒也不是不～

[意味：ある場合には～するかもしれない]
[接続：Vない-ものでもない]

> 否定某件事完全不成立的可能性，表示消極肯定。類似２級的「～ないことはない」，但是態度更為保留。

◇ 長期は無理だが、短期間ならその依頼に協力できないものでもない。

◇ 親の何でもない一言が子供の心を深く傷つけないものでもないんですよ。

◇ 試験まであと1か月しかないと言っても、集中して勉強すれば合格できないものでもないと思いますよ。

◆ 長期的話是不行，若是短期間的話，倒也不是不能就他的請求提供協助。
◆ 父母親無心的一句話，有時也會深深地傷害孩子的心。
◆ 雖說到考試為止只剩一個月了，但若集中心力用功去唸的話，我覺得也未必考不上。

そんなに頼むのなら、その仕事を代わって＿＿＿。

1 やらないものだ　　　2 やらないものでもない
3 やったものだ　　　　4 やったものでもない

（平成16年）

～ながら(に)^の

#中譯請參見各例句

［意味：～の状態のままで］
［接続：Nながら；R-ながら］

慣用表現，接在固定單字後，表示維持以某種狀態的形式進行；「～ながらに」作副詞使用，修飾名詞時作「～ながらのN」。

[参見：辨析8]

◇ この子は生まれながらにすぐれた音楽の才能を持っている。

◇ インターネットのおかげで、私たちは家にいながらに世界中の人と連絡がとれるようになった。

◇ あの和菓子屋は今でも、昔ながらの製法で饅頭を蒸しているそうです。

- ◆ 這個孩子天生就具有傑出的音樂才能。
- ◆ 托網路所賜，我們在家裡就能與世界各地的人取得聯繫。
- ◆ 聽說那間日式糕點店直到現在還沿用古法蒸製和菓子饅頭。

考古題

国は早く対策をたててほしいと、被害者たちは涙＿＿＿訴えた。

1 ばかりに　　2 のままに　　3 かぎりに　　4 ながらに

(平成11年)

～ながら（も）

雖然～卻…

[意味：～のに；～が]
[接続：N（であり）/NA/Aい/R-ながら]

逆接用法，連接兩個矛盾卻同時存在同一主體上的現象，表示在前項條件下，主體卻有出乎預期的表現。

◇このデジタルカメラは小型（こがた）ながらも、最新機能搭載（とうさい）で美しい写真を撮ることができます。

◇彼は貧しいながらも温かい家庭で育った。

◇彼女は本当のことを知りながらも、私には何も話してくれませんでした。

◆ 這台數位相機雖小，但配備最新功能，可以拍出美美的照片。
◆ 他在貧窮但溫暖的家庭長大。
◆ 她雖然知道真相，卻什麼也不對我說。

考古題

田中君は先週ずっと授業を休んでいて、試験を受けなかった。卒業を控えた身で＿＿＿＿、海外へ遊びに行っていたらしい。

1 あるらしく　　　　2 ありながら
3 あるまいに　　　　4 ありうべく　　　　（平成12年）

～<u>なくして</u>(は) ^ なしに

沒有～就（無法…）

[意味：～がなければ、(…ができない)]

[接続：Nなくして]

> 條件句。前接名詞，表示如果在少了該事物的前提下，將會…，後文常作否定。正式用語，口語時作「～がなかったら」。

[比較：～ことなしに]

◇国民の同意なしに税制改革^{ぜいせいかいかく}など有り得ない。

◇友だちの励ましなくしては作品の完成はなかったであろう。

◇愛なくして何の人生か。

◇今までたばこを吸うことなくして一日もいられなかった。しかし、健康のため、これからは禁煙しようと思う。

◆ 若未經國民同意，税制改革等根本不可能(實施)。

◆ 如果沒有友人的鼓勵，作品大概就不會完成問世。

◆ 沒有愛算是什麼人生。

◆ 我向來是一天沒吸菸就受不了。但是為了健康，我打算今後戒菸。

考古題

先生方のご指導や友人の助け＿＿＿＿、論文を書き上げられなかっただろう。

1 にもまして　　　　2 のおかげで

3 のいたりで　　　　4 なしには

(平成16年)

～ならでは

非～（便無法…）；唯有～

[意味：～でなければ、（…ない）]
[接続：Nならでは]

表示限定，前接高度認同的對象，說明非其無法辦到的表現。修飾名詞時作「～ならではのN」，意指「唯有～才有的…」。

◇せっかく留学するのだから、現地ならでは学べない知識を身につけたい。

◇この間の会議で課長は独創的な企画を出した。ベテラン技師ならではの素晴らしいアイデアである。

◇当旅館の全室から四季のはっきりした日本ならではの風景がお楽しみいただけます。

◆ 好不容易出國留學，希望能學到只有在當地才學得到的知識。
◆ 課長在上回會議中提出的獨創企劃是資深技師才想得出的精采點子。
◆ 從本旅館的所有房間都能欣賞到只有四季分明的日本才能享受得到的景色。

考古題

日本全国、その地方＿＿＿ 名産がある。

1 なみに　　　　　2 ながらの
3 なりとも　　　　4 ならではの

（平成15年）

～なり

〜就…

[意味：～するとすぐ…]

[接続：Vる－なり]

> 形容某人的連續動作具有意外性，前接動詞辭書形，強調後項行為發生得突然，感覺上緊接著前項動作。

[比較：～が早いか、～や(否や)]

◇ 空港の到着ロビーで待っていた彼女は、恋人の顔を見るなり抱きついた。

◇ 優等生(ゆうとうせい)のたけし君が突然立ち上がるなり、狂ったように大声をあげて教室から飛び出していった。

◇ 息子は相当疲れていたのか、家に帰るなり自分の部屋に入って寝てしまった。

◆ 在機場的迎賓大廳等候的她，一見到男友就抱住他。

◆ 成績優異的小武突然站起來，像瘋了般狂吼衝出教室去了。

◆ 兒子好像很累，一回到家就進到自己的房間睡了。

考古題

「あっ、だれかおぼれてる」と言う____、彼は川に飛び込んだ。

1 なり   2 まま   3 ほど   4 ゆえ

(平成11年)

～なり～なり

[意味：～でもいいし、～でもいい]

[接続：N（＋助詞）なりN（＋助詞）なり；Vる－なりVる－なり]

> 「～なり～なり」並列時，表示任意列舉選項提供建議、做法等，供對方參考。

◇ 飲み物はすべてサービスです。ビールなりワインなりお好きなものをお召し上がりください。

◇ 祖父の土地を売るとなると私の一存（いちぞん）では決められません。家族になり親戚になり相談しないと。

◇ 亜熱帯（あねったい）気候と言っても台北の冬は寒いんだから、暖房を入れるなり、ストーブをつけるなりすればいいのに…。

◆ 所有飲料一律免費，要喝啤酒或是葡萄酒，請隨喜好取用。

◆ 要賣祖父的地並不是我個人的意見就能決定。得跟家人或親戚商量才行。

◆ 雖說是亞熱帶氣候，台北的冬天還是冷，要是能開點暖氣或是生個爐火多好……。

考古題

わからない単語があったら、辞書を引く＿＿＿だれかに聞く＿＿＿して、調べておきなさい。

1 なり／なり　　　　2 こと／こと

3 と／と　　　　　　4 し／し

（平成11年）

★★★

～なりに

相稱於～

[意味:～ができる範囲で；～相応に]
[接続:Nなりに]

> 表示符合該有的水準表現，前面是接受評價、審視的對象，語感中帶有雖不完美但仍給予肯定之意，不能用於長輩。後接名詞時作「～なりのN」。

◇これは私なりに悩み、考えた末に出した結論です。

◇10歳になる娘が卵焼きを作ってくれた。味はいまいちだが、娘なりにがんばって作ったのだ。褒めてやろう。

◇的確かどうかわかりませんが、この問題について私なりの考えを述べたいと思います。

◆ 這是我自己苦思之後得出來的結論。
◆ 10歲的女兒為我煎了蛋，雖然味道差了點，但這是女兒自己努力做出來的，稱讚她一下吧。
◆ 不曉得是否正確，但針對這個問題我想發表一下我的想法。

考古題

私が事業で成功できたのは、自分＿＿＿工夫を重ねたからだと思います。

1 とはいえ 　　　　2 にかかわり
3 なりに 　　　　　4 なくして

（平成16年）

★★ ～に（は）あたらない

用不著～

[意味：～しなくてもいい；～ほどのことはない]
[接続：Vる-にあたらない]

> 前接「驚く、嘆く、非難する、感心する、褒める、責める」
> 等有關情緒或觀感的動詞，表示對事情的反應還無須
> 做到這等程度，經常與「～からといって」等理由說明
> 一起出現。

◇ 子供の成績が悪いからといって嘆く(なげく)にあたらない。

◇ 彼が素直に謝らなかったからといって非難するにはあたらない。

◇ 「塞翁が馬(さいおう)」という言葉は、運命(うんめい)は予想できないから、禍(わざわい)も悲しむに及ばず、福(ふく)も喜ぶにはあたらないという意味だ。

◆ 不必因為孩子的成績不好就嘆氣。
◆ 不必因為他沒有誠摯地道歉就加以譴責。
◆ 「塞翁失馬」意指由於命運無法預測，所以禍不須悲，福亦勿喜。

考古題

母校のチームが去年の優勝校を破ったからといって、それほど驚くには＿＿＿＿。

1 あたらない　　　　2 もとづかない

3 そういない　　　　4 たえない

（平成14年）

～にあって

身處～

[意味：～という場所・状況で]
[接続：Nにあって]

接於名詞之後，表示置身於某種處境下。類似2級「～において」，但「～にあって」較偏限於個人切身情形。

◇高度情報社会にあって、インターネットは不可欠なものです。

◇言葉の通じない外国にあって、一番ありがたいのは自分の言葉を解す人に会うことだ。

◇教師という職にあって、学生よりも自分の立場を重んじるなどもってのほかだ。

◆ 身處資訊高度流通的社會，網際網路必不可缺。
◆ 身處語言不通的國外，最慶幸的是能遇見聽得懂自己話語的人。
◆ 身處教師之職，對於自我的立場比對學生還重視，這等行徑真是荒謬。

考古題

水も食糧もない状況に＿＿＿、人々は互いに助け合うことの大切さを学んだ。

　1 あって　　　2 とって　　　3 かけて　　　4 つれて

（平成11年）

～に至って（は）＾も

到了～的地步

[意味：～という段階・事態になって]
[接続：Nに至って；Vる-に至って]

> 表示事情的發展到了某個重大階段，非同小可。「ことここに至っては」為慣用語，意指「事情到此地步」。

◇ 事故が起こるに至って、初めて安全性が重視された。
◇ 別居に至っては、離婚も時間の問題かもしれません。
◇ あの国は物資不足で戦争を続けることさえ難しくなるに至っても、まだ戦争をやめようとはしなかった。
◇ ことここに至っては、素人にはどうすることもできない。

◆ 到發生事故的地步，安全性才受到重視。
◆ 到了分居的地步，離婚或許只是時間的問題罷了。
◆ 即使到物資不足，甚至於難以繼續打仗的地步，該國仍不願意結束戰爭。
◆ 事情到了這個地步，已經不是外行人可以處理得了。

考古題

証拠となる書類が発見される＿＿＿＿、彼はやっと自分の罪を認めた。

1 につけ　2 にいたって　3 ついでに　4 からには

（平成18年）

～に至る

以至～

［意味：～に到達する；～になる］
［接続：Nに至る；Vる-に至る］

表示到達某個終點，包含時空的劃分終點，或是事情的
演變結果等。

◇シルクロードは西安から中近東の砂漠を横切り、やがて
ヨーロッパに至る長い道だ。

◇従業員3人で始まった我が社もバブル期に急成長をと
げ、今日に至った。

◇日本の生活を抜け出して異文化の中で生活してみたい、
それが台湾へ来るに至った動機です。

◆ 絲路是從西安橫越中東沙漠，最後綿延至歐洲的迢迢長路。
◆ 靠三名員工起家的本公司，也在泡沫經濟時期急速成長，達到今日的
景況。
◆ 想從日本的生活中跳脫出來，在不同文化的地方生活看看，這就是我
來台灣的動機。

～に至るまで

到～；甚至～

[意味：(…から)～まで]
[接続：Nに至るまで]

> 書面語。可視為「…から～に至るまで」的省略，強調事物的範圍延伸至某個細部程度，會話中常作「…から～まで」。

◇結婚をひかえ、家具はもちろん、皿やスプーンに至るまで新しいものを買いそろえた。

◇日本では子供から大人に至るまで、どこでも漫画を読んでいる姿を目にする。

◇インターネットの普及によって、日本からブラジルに至るまで世界中どこにいようと簡単に連絡がとれるようになった。

◆ 結婚前夕，家具就不用說了，甚至盤子呀湯匙等也都買齊新的。

◆ 在日本，不管到哪都可看見從小孩到大人看漫畫的身影。

◆ 由於網路的普及，從日本到巴西，無論在世界何地，都能簡單取得聯繫。

～にかかわる

攸關～

[意味：～に関係がある；～に影響を及ぼす]
[接続：Nにかかわる]

> 表示影響、關係到某件事。前面接續的名詞通常為重大議題，例如「命、名誉、将来」等。

◇看護婦の仕事は人の命にかかわるものなので、いいかげんな人にはしてほしくない。

◇会社の評判にかかわるから、製品の品質管理は厳しくなければならない。

◇大学入試の失敗は将来にかかわるという人もいるが、長い人生だもの。2、3年の遅れなどすぐに取り戻せるものだよ。

◆ 護士的工作攸關人命，不希望行事草率的人從事。
◆ 因為攸關公司的名聲，產品的品管必須嚴格執行。
◆ 也有人覺得大學入學考試的失敗攸關將來，不過人生是漫長的，兩三年的落後很快就能追回來。

考古題

野菜の輸入規制の緩和は農業政策の根本に＿＿＿＿。

1 たえない　　　　2 かかわる

3 かぎる　　　　　4 かなわない

（平成18年）

～にかたくない

不難～

[意味：簡単に～できる]
[接続：Nにかたくない；Vる－にかたくない]

> 書面語。表示輕易就能辦到的，主要與抽象動作「想像、理解、察する」等搭配，形容事情的本質能訴諸人們的同理心。

◇10年来の恋人と別れるに至った彼女の心境(しんきょう)は想像にかたくありません。

◇空爆(くうばく)で親を失った子供たちがこれからどんな生活をしなければならないのか想像にかたくないはずだ。

◇暴力(ぼうりょく)は許しがたいことですが、彼の話を聞けば、なぜなぐってしまったのか、理解するにかたくありません。

◆ 與交往了10年的戀人分手，如今她的心境不難想像。
◆ 因空襲而失去雙親的孩子們今後得過怎樣的生活應該不難想像。
◆ 暴力雖然難以容許，但是聽了他的敘述，不難理解他為什麼會揍人。

考古題

審査員が彼の作品を見て、そのすばらしさに驚いたことは、想像＿＿＿。

1 にかたくない　　　　2 にもおよばない
3 せずにはすまない　　4 しないではおかない

(平成13年)

～にしたって

[意味：～も同じ…]
[接続：Nにしたって]

表示從眾多之中舉一例作為佐證，意指連這個例子也是如此，暗示其他情形亦然。

◇学校生活ですることにはすべて意味や目的があります。授業はもちろん、掃除にしたって教育的な意味があるのです。

◇学問はすべてが連続的に繋がっている。理科系に分類される地質学（ちしつがく）にしたって歴史とは無縁（むえん）だとは言えないのがいい例だ。

◆ 學校生活中的一切都有意義及目的。上課自然是，就連打掃也具有教育的意涵。

◆ 學問全都是環環相扣且互有關聯。即使是分類於理工科系的地質學也不能說與歷史完全無關，即是很好的例子。

〜にして

①只有〜；直到〜　　②是〜的同時

［意味：①〜になって　②〜と同時に］
［接続：Nにして］

表示①針對前項時刻、場面、狀況，或人物等作強調，常後接「はじめて、ようやく」等，表示「正是〜才」「直到〜才」。②表示除前項外，另有其他身份等。

◇ローマは一日にしてならず。（①）
◇この曲は偉大な音楽家を父に持つ彼にしてはじめて弾ける。（①）
◇チョムスキーは有名な言語学者にして難民問題を訴え続けた政治学者でもある。（②）

◆ 羅馬不是一天造成的。
◆ 這首曲子只有身上流著偉大音樂家父親血液的他才能夠彈奏。
◆ 喬姆斯基是知名的語言學者，同時也是不斷致力於難民問題的政治學家。

考古題

この試験は非常に難しく、私も4回目＿＿＿ようやく合格できた。

1 にして　　　　　　　　2 におうじて
3 にしたがい　　　　　　4 にくわえ

（平成17年）

〜に即して ^〜則して

依照〜

[意味：〜にそって；〜にしたがって]
[接続：Nに即して]

> 表示配合某項事物作為行動準則，例如情況、經驗或法條等。「そく」的漢字一般寫成「即」，但在前接法律、規章等基準規範時會寫成「則」。名詞修飾時作「〜に即/則したN」。

◇赴任前にできることはしておきますが、外国のことです。現地の状況に即して対応してください。

◇この問題は私的な感情や人間関係ではなく、法律に則して解釈されるべきだ。

◇不正を働いたものにたいしては、規則に則した対応をする。

◆ 赴任之前能做的先做，但因為是國外，請依當地的狀況加以應變。
◆ 這個問題並非私人感情或人際關係，應遵循法律來解釋。
◆ 對於行為違法的人，會依規定加以處置。

考古題

外国語教育について、政府の方針に＿＿＿計画を立てた。

1 ついだ　　　2 至った　　　3 即した　　　4 比した

（平成17年）

～にたえない

不勝～

[意味：心から非常に～だ]
[接続：Nにたえない]

慣用表現，前接「喜び、感謝、感激、感慨、後悔」等表示內心感受的名詞，形容心情強烈到令人無法承受的程度。常用於正式場合。

[比較：～を禁じ得ない]

◇会社ぐるみで不正を行うなんて、怒りにたえない。

◇交通事故が日に日に激増していることが、まことに憂慮にたえません。

◇本日ここに企画が実現しましたことは、非常に感慨深く、喜びにたえないところです。

◆ 公司上下竟全都行事不正，真是讓人氣憤極了。
◆ 交通事故日益激增，真是令人不勝擔憂。
◆ 今日此時對於企劃完成一事，內心感概萬千，不勝喜悅。

★ ★

～にたえる

經得起～；值得～

[意味：～に応じられる；～に値する]
[接続：Nにたえる；Vる-にたえる]

> 「たえる」意指「忍受」，前接具體行為，表示能承受其考驗或其帶來的壓迫感等；如果語意中帶有評價，則解釋為說話者認為值得如此做，但多為否定形。

[比較：～に足る]

◇論文が多くの読者に読まれ、世界的な評価にたえる業績（ぎょうせき）を世に問うには、英語で書かれなければならない。

◇このソフトは使いやすいですが、機能が少ないので、プロの実用にはたえません。

◇最近のアイドル歌手は、かわいいだけで歌は聞くにたえない。

◆ 論文要讓更多的讀者閱讀、獲得世界性的評價，必須以英文書寫才行。
◆ 這套軟體使用起來很容易，但因功能太少，對於專業人士來說並不實用。
◆ 最近的偶像歌手只是長得很可愛，唱歌根本不能聽。

考古題

美しかった森林が、開発のためすべて切り倒され、見るに＿＿＿。

1 たえない　　　　　2 たえる
3 たえていない　　　4 たえた

（平成16年）

1級文法一把抓

～に足(た)る

値得～ ; 足以～

[意味：～する価値がある ; ～できる価値がある]
[接続：Nに足る ; Vる-に足る]

前接動作，形容程度上十足到達做該動作的地步，常與「信頼する、尊敬する、満足する、疑う」等表示心理作用的動詞搭配。否定形為「～に足りない」。

[参見：辨析7]

◇学生が尊敬するに足る教師になることが私の夢です。

◇高校生活最後の試合で、満足に足る成績を残すことができた。

◇相手を十分納得させるに足るデータを示す必要がある。

◇この程度の実力ならば、彼は恐れるに足りない。

◆ 成為值得學生尊敬的老師是我的夢想。
◆ 在高中生活最後的一場比賽，留下了足以自豪的成績。
◆ 必須出示足以令對方充分理解接受的資料。
◆ 如果他的實力是這種程度，那就沒什麼好畏懼的。

--- 考古題 ---

この作品の芸術的価値は高く、十分、今回の展覧会に出品する＿＿＿＿。

1 にとどまる　　　　2 にすぎない

3 にたる　　　　　　4 にこたえる

(平成17年)

～にひきかえ

與～相反

[意味：～と反対に]
[接続：Nにひきかえ（NAな/Aい/V－のにひきかえ）]

> 表示反差、對比。此為主觀用法，前項提示對照組，凸顯後文話題事物的不同。2級類語「～に比べて」則是單純作比較。

◇前の彼にひきかえ、今の彼は私に対する気遣（きづか）いが足りないので別れようと思っている。

◇彼の給料は1か月40万円だ。それにひきかえ、私の給料はなんと安いことか。

◇先進国（せんしんこく）の子供は過保護（かほご）なのにひきかえ、アフリカでは1分に一人という割合で子供たちが餓死（がし）しているそうだ。

◆ 與以前的他相反，現在的他對我已不夠體貼，所以我想離開他。
◆ 他的薪水一個月40萬日圓，和他相反，我的薪水真是太少了。
◆ 與先進國家的小孩受到過度的保護相反，據說在非洲，孩子們是以一分鐘一個人的比例餓死。

考古題

周囲の人々の興奮＿＿＿＿、賞をもらった本人はいたって冷静だった。

1 ときたら　　　　2 かたがた
3 にひきかえ　　　4 のかぎりに

（平成15年）

～にもまして

比～更加…

[意味：～以上に]
[接続：Nにもまして]

> 表示程度上更甚前例，有過之而無不及，前接用來作
> 為比較的個案。

◇彼女は前にもましてわがままになった。

◇去年も暖冬（だんとう）だったが、今年の冬は去年にもまして暖かい。

◇昔付き合っていた彼女も今は結婚して幸せに暮らしているそうだ。彼女の幸せが何にもましてうれしいのは僕がまだ彼女を愛しているからなのだろうか。

◆ 她比之前更任性了。

◆ 去年雖也是暖冬，但今年的冬天比起去年來還要溫暖。

◆ 聽說之前交往的女友現在已經結婚而且過著幸福的日子。為她的幸福感到無比高興的我，或許是因為還愛著她的緣故吧。

考古題

大学生の就職は、今年は去年＿＿＿＿ さらに厳しい状況になることが予想される。

1 にからんで　　　　　2 にかかわらず

3 にのっとって　　　　4 にもまして

（平成17年）

～の至(いた)り

～之至

[意味：最高の～；非常に～]
[接続：Nの至り]

> 正式用語，主要與「光榮、同慶、感激、恐縮、遺憾、痛嘆、幸せ」等表示內心感受的客套話並用，形容感受的最大程度。

[比較：～限りだ]

◇ 向寒(こうかん)のみぎり、貴社ますますご繁栄(はんえい)の事と欣喜(きんき)の至りに存じます。

◇ ご多忙(たぼう)な各位(かくい)の貴重な時間を頂戴(ちょうだい)いたしますのは恐縮の至りでございます。

◇ 日本と台湾が真の友好関係をうち立て、アジアの安定と世界の平和に貢献(こうけん)してほしいものです。私がそのささやかな一助(いちじょ)にでもなれば、光栄の至りです。

◆ 向寒時節，為貴公司日益繁盛感到欣喜至極。
◆ 承蒙各位在百忙之中撥冗前來，誠感惶恐之至。
◆ 希望日本和台灣建立起真正的友好關係、為亞洲的安定和世界和平做出貢獻。如果我能為此稍盡棉薄之力，真是光榮至極。

～の極み

～的極致；極盡～

[意味：最高の～；非常に～]
[接続：Nの極み]

> 表示極限。書面語，常見於報章廣告、小說標題等，例如「贅沢の極み、美の極み、不幸の極み…」。

[比較：～極まる]

◇ 今回の事故で亡くなられた方々のことを思うと、痛恨の極みであります。

◇ 美しい庭園や天守閣を特徴とする城は日本の伝統建築美の極みと言えよう。

◇ 株式投資には先見の目が必要だ。不況の極みの大幅安値で株を手放していては大損するのみだ。

◆ 想到因這次事故去世的人士，就感到痛心至極。

◆ 以美麗的庭園和樓閣為特徵的城池，可說是日本傳統建築之美的極致吧。

◆ 投資股票要有先見之明。在最不景氣價格大幅滑落的時候把股票脫手，只會損失慘重。

考古題

世界的に有名な俳優と握手できたなんて、感激の＿＿＿。

1 せいだ　　2 ことだ　　3 きわみだ　　4 ところだ

（平成15年）

（ただ）〜のみ

唯有〜

[意味：〜だけ]
[接続：N/NAである/Aい/V-のみ]

> 書面語，等於口語的「だけ」，否定形為「（ただ）〜のみ
> ならず」。「ただ」和「のみ」都是限定之意，一起出現
> 時，可加強語氣。　　　　　[比較：ひとり〜だけでなく]

◇ただそれのみが心配だ。

◇やれる事は全部やった。あとはただ結果が出るのを待つ
　のみだ。

◇太陽エネルギーを利用した家庭用の発電システムは経済
　的であるのみならず、安全で環境にもやさしい。

◆ 唯一擔心的只有那件事。
◆ 能做的事全都做了。接下來只能靜待結果了。
◆ 利用太陽能的家用發電系統不只經濟實惠，也很安全及環保。

― 考古題 ―
事故はあまりにも突然で、私は何もできず、ただ＿＿＿＿。
1 ぼう然とするまでもなかった
2 ぼう然としがちだった
3 ぼう然とするのみだった
4 ぼう然とするきらいがあった　　　　　　　　（平成16年）

～はおろか

～就不用說了，連…

[意味：～はもちろん、…も]
[接続：Nはおろか]

表示前者還在可理解範圍，意外的是還有其他離譜的例子，語帶不滿或驚訝，後面常與「も、さえ、まで」等詞相呼應。

[參見：辨析9]

◇ 今の親は他人の子供はおろか、自分の子供さえ叱らなくなったといわれている。

◇ もうすぐ海外旅行に行くというのに切符の手配はおろか、パスポートも用意していない。

◇ 病気のときは歩くことはおろか、ベッドから起き上がることさえできません。

◆ 大家都說現在的父母，不要說別人的小孩了，連自己的小孩也不太責罵。
◆ 就快要出國旅行了，不要說機票了，連護照都還沒準備好。
◆ 生病時別說走路了，連從床上起來都沒法做到。

考古題

腰に痛みがあると、運動＿＿＿＿、日常生活でもいろいろ不便なことが多い。

1 をよそに　　　　　2 はどうあれ
3 をふまえて　　　　4 はおろか

（平成17年）

～ばこそ

正是因為～才…

[意味：(他の理由ではなく)～から]
[接続：N/NAであれば-こそ；Aければ-こそ；Vば-こそ]

> 「こそ」表示限定原因，前接假定形，強調該要素成立之必要性，用於肯定該項理由帶來了正面的結果。

[參見：辨析10]

◇仕事も大切ですが、健康はもっと大切です。健康であればこそ、仕事の能率もあがるというものです。

◇子どものためを思えばこそ、留学の費用は子ども自身に用意させたのです。

◇君と結婚して本当によかったと思っている。僕がこんなに幸せでいられるのも君がいてくれればこそだ。

◆ 工作固然重要，健康更加重要。正因為有了健康，工作效率也才得以提昇。
◆ 就是因為為孩子著想，所以才要小孩自己籌留學的費用。
◆ 跟妳結婚真好。我能這麼幸福正是因為有妳陪在我身邊的緣故。

考古題

この事業が成功したのも、貴社のご協力が＿＿こそです。

1 なければ　　　　2 あったら
3 なかったら　　　4 あれば

（平成12年）

～ばそれまでだ＾たら

如果～就結束了

[意味：～したら、すべてが終わりだ]
[接続：Ｖば－それまでだ]

「それまでだ」表示「到此結束」，搭配動詞假定形，意指該假設成真時，一切使用不著或無法再進行下去；強調假設條件一旦成為事實時的嚴重性。

◇ 将来のためにとお金をためても死んでしまえばそれまでだから、今を楽しんだほうがいい。

◇ 使わなくなったものは捨ててしまえばそれまでだが、リサイクルショップやフリーマーケットを利用すれば、新たな価値が見いだされる。

◆ 就算為了將來把錢存下來，如果死了的話就什麼也沒了，所以還是及時行樂的好。

◆ 不用的東西雖然一丟就解決了，但若利用二手商店或跳蚤市場的話，將可發掘出新價值。

―― 考古題 ――

この精密機械は水に弱い。水が＿＿＿。

1 かかって当たり前だ　　　　2 かかろうとも平気だ
3 かかるぐらいのことだ　　　4 かかればそれまでだ

（平成16年）

ひとり〜だけでなく ^のみならず

不光是只有〜

［意味：ただ〜だけでなく］
［接続：ひとりNだけでなく］

| 表示某個主體並非唯一的例子，此為書面語，口語時通常省略「ひとり」，直接作「〜だけでなく」。「〜のみならず」則主要用於正式場合。

[比較：(ただ)〜のみ]

◇台湾の問題はひとり台湾だけでなく、日本や韓国をはじめとするアジア諸国の平和と安全にかかわる重要な問題だ。

◇高齢化問題はひとり日本のみならず、少子化の進むさまざまな国で共通の問題となっている。

◇この研究にはひとり彼のみならず、多くの人が携わった。

◆ 台灣的問題並不光是只有台灣，更是攸關日本、韓國等亞洲各國和平及安全的重要課題。

◆ 高齡化問題不光是只有日本，正逐漸變成生育漸少的各國共通的問題。

◆ 這個研究並不光是只有他，還有許多人共同參與。

～べからず＾ざる

不該～；禁止～

［意味：～してはいけない］
［接続：Vるーべからず］

> 表示禁止，前接動詞辭書形，主要用於標語或告示牌等。連體形「～べからざる」常與「犯す、許す、欠く」等動詞搭配，表示社會上認為不應當有的作為。

［比較：～まじき］

◇芝生に入るべからず。

◇テロはあくまでも許すべからざる犯罪行為であり、戦争行為ではない。

◇すべての人間は、自分自身の生命に関する犯すべからざる権利を持っている。

◆ 禁止進入草坪。
◆ 恐怖行動說什麼都是不應被原諒的犯罪行為，而非戰爭行為。
◆ 所有的人都具有自身的生命不應被侵犯的權利。

～べく

為了～

[意味：～するために；～しようと思って]
[接続：Vる－べく （する→するべく、すべく）]

■ 表示正當的目的，解釋後文既定事實的動機。前接動詞辭書形，但「する」除了作「するべく」外，亦可作「すべく」二種接續。

[比較：～んがため（に）]

◇別れた彼を忘れるべく、二人で撮った写真はすべて燃やした。

◇我が社では人と時代のニーズに応えるべく、真に求められる新商品の開発と提供を続けております。

◇兄は締め切りに間に合わせるべく、昼も夜も論文に取り組んでいる。

◆ 為了要忘記已經分手的男友，所以把兩人的合照全燒了。
◆ 本公司為因應人與時代的需求，持續開發與提供人們確實需求的新產品。
◆ 哥哥為了趕上截止期限，不分晝夜地寫論文。

― 考古題 ―

ウイルスの感染経路を明らかに＿＿＿＿調査が行われた。

1 すまじと   2 すべく
3 するはおろか   4 すべからず

(平成16年)

左側直書：1級文法一把抓

～まじき

不該～

[意味：～してはいけない]
[接続：Vる－まじき　（する→するまじき、すまじき）]

> 表示某動作有失身分、不符合社會期待，書面語。前接動詞辭書形。慣用表現「人に/として　あるまじきNだ」，意思是「某人不該有的N」。　[比較：～べからず]

◇「馬鹿」は親が子供に言うまじき言葉だ。
◇テロリストによる無差別大量虐殺は人間として許すまじき行為だ。
◇学生に暴力を振るうなど、教師にあるまじきことだ。
◇列に割り込むなど紳士にあるまじき行為だ。

◆「笨蛋」是父母親不應該對孩子說的話。
◆恐怖份子不分青紅皂白地大量屠殺，是身為人類不該原諒的行為。
◆對學生施以暴力等是教師不應該有的行為。
◆插隊不是紳士該有的行為。

── 考古題 ●──

彼のやったことは、人としてある＿＿＿＿残酷な行為だ。

1 べき　　　2 まじき　　　3 ごとき　　　4 らしき

（平成15年）

～までだ／～までのことだ

大不了～；不過是～

[意味：ただ～だけのことだ]

[接続：Ｖる／Ｖた－までだ]

> 前接動作，表示純粹就是～罷了。前接動詞辭書形時，表示就這麼辦吧；前接た形時，表示說話者解釋只是做了某個動作，並無特別用意。

◇彼が私の言うことを聞いてくれないなら別れるまでだ。
　男は星の数ほどいるのだから。

◇飛行機がだめなら、列車で行くまでのことだ。

◇そんなに怒らないでよ。本当のことを言ったまでなんだから。

- ◆ 如果我講的話他都不聽，那只有分手一途了，天下男人多的是。
- ◆ 如果不行坐飛機的話，就搭列車去吧。
- ◆ 別那麼生氣嘛！我只是說真話罷了。

考古題

就職が決まらなくても困らない。アルバイトをして生活する＿＿＿。

1 までだ　　2 かわりだ　　3 とおりだ　　4 ほどだ

（平成17年）

～までも<u>ない</u>＾なく

用不著～

[意味：～する必要がない]
[接続：Ｖる－までもない]

> 前接動詞辭書形，強調沒有必要到必須做該動作的地步，用法類似「Ｖてまで…必要がない」。

◇このくらいの小雨なら傘をさすまでもないだろう。

◇そんな簡単なこと、わざわざあなたに説明してもらうまでもない。

◇言うまでもなく、漢字が日本語の文字や発音に与えた影響は大きい。

◆ 這種小雨用不著撐傘吧。
◆ 那麼簡單的事，用不著你特地說明給我聽。
◆ 漢字對日文的文字及發音給予的影響之大自不殆言。

考古題

わざわざ＿＿＿＿、私は自分の責任を認めている。

1 言われるには　　　2 言うにあたらず
3 言うからしても　　4 言われるまでもなく

（平成15年）

～まみれ

沽滿～

[意味：～がたくさんついている]

[接続：Ｎまみれ]

‖ 表示外觀上附著許多不潔物，令觀者感到不舒服，常與「泥、ほこり、血、汗」等特定名詞搭配。

[參見：辨析11]

◇ どろまみれになって働いても、もらえる金はわずかだ。

◇ 何年ぶりかに倉庫を開けた。中から次々とほこりまみれの物が出てきた。

◇ 衝突し、大破(たいは)した車の中から血まみれの負傷者(ふしょうしゃ)が引き出された。

◆ 即使工作得滿身汙泥髒兮兮的，能掙得的錢也有限。

◆ 打開了塵封多年的倉庫，裡面出現一樣樣滿是灰塵的物品。

◆ 從撞得稀爛的車中拖出滿身是血的傷者。

～めく ＾めいた

〜似的

[意味：〜らしい；〜の感じがする]

[接続：Nめく]

接在特定名詞後，表示帶有某種氛圍，常見的有關於季節的「春めく、秋めく」，以及形容說話口吻的「謎めく、冗談めく、皮肉めく」等。

◇日に日に春めいてまいりました。いかがお過ごしですか。

◇作家三島由紀夫の謎めいた私生活は彼の死後なお、語り継がれている。

◇「あなたのことを誰よりも思っている子がここにいるのに」と冗談めいた言い方で彼女は僕に告白した。

◆ 春意漸濃，近日可好？

◆ 作家三島由紀夫謎樣的私生活在他過世之後依然被不斷談論著。

◆ 她以「比誰都戀著你的人不就正在這裡」如此略帶玩笑的口吻向我告白。

― 考古題

雪がとけて、野の花もさきはじめ、日ざしも春＿＿＿きた。

1 らしく 　　2 ぎみに 　　3 っぽく 　　4 めいて

（平成10年）

～もさることながら

～當然是，但(…也)

[意味：～ももちろんそうだが、…さらに]
[接続：Nもさることながら]

表示前項理所當然是，但後項也不能不提。

[比較：～はおろか]

◇未来を担(にな)う子供たちにはさまざまな知識もさることながら、国際性も身につけてもらいたい。

◇雪で一週間山小屋に閉じ込められた。空腹(くうふく)や寒さもさることながら、話せる相手のいないことが最もつらいことだった。

◇結婚はお互いの相性(あいしょう)もさることながら、家族や親戚など周りの人との付き合いも避けては通れない問題だ。

◆ 希望擔負未來的孩子們，不只具備廣博的知識，更要養成國際觀。

◆ 因為下雪被困在山上小屋一個星期。除了肚子餓、身體冷之外，最難受的要算是沒有說話的對象了。

◆ 結婚除了要彼此性情相投之外，與其家人或親戚等周遭人的相處也是不可避免的問題。

考古題

両親は、息子に病院の跡を継いで医者になってほしいと思っているようだ。だが、親の希望も＿＿＿＿、やはり本人の気持ちが第一だろう。

1 さることながら　　　2 あるまじく

3 いれざるをえず　　　4 わからんがため　　　(平成14年)

（・・・ば）～ものを

如果～就好了

[意味：～のに]
[接続：V-ものを]

> 通常搭配假定形條件句，表示事先若能如此做，便能有說話者希望的結局。語氣中有對結果懊惱或向對方提出抱怨之意。

◇あと10分早く家を出れば遅刻せずにすんだものを。

◇こんな悪天候（あくてんこう）の中を歩いていらしたんですか。電話をくだされば車でお迎えにまいりましたものを。

◇すぐに謝ればいいものを、意地（いじ）を張るからよけいに彼女を怒らせるんだよ。

- ◆ 如果再提早10分鐘出門就不會遲到了。
- ◆ 您在這麼惡劣的天氣裡走路過來的嗎？如果能打通電話給我，我就會用車去接你了。
- ◆ 明明馬上道歉就好了，卻硬要賭氣逞強，惹得她更生氣。

考古題

検査を受けていればすぐに治った＿＿＿＿、痛みを我慢して検査に行かなかったことが悔やまれる。

1 ものに　　　2 ものを　　　3 ものやら　　　4 ものか

（平成18年）

～や（否や）

一～就…

[意味：～すると同時に…]
[接続：Vる−や]

「～か～ないかのうちに」的正式用語，前接動詞辭書形，表示後項動作緊接著前項發生，感覺上幾乎沒有間隔。

[參見：辨析12]

◇電車が駅に止まり、ドアが開くや否や、彼は飛び出していった。

◇ベテラン人気歌手のコンサートのチケットは発売されるや売り切れてしまった。

◇娘は家へ帰るや否やおなかがへったと言って、冷蔵庫をのぞきこんだ。

◆ 電車一靠站，車門才剛打開，他就衝出去了。
◆ 受歡迎的老牌歌手的演唱會門票才剛發售就被搶購一空。
◆ 女兒一回到家就說肚子好餓，馬上就去看冰箱有什麼可以吃的。

考古題

いたずらをしていた生徒たちは、教師が来たと＿＿＿いっせいに逃げ出した。

1 みるや　　　　　2 みたら
3 してみると　　　4 するならば

（平成15年）

～（が）ゆえ（に）^ の

因為～

[意味：～が原因・理由で]

[接続：N（の）/NA（な）–ゆえ；

N である/NA である/A い/V–（が）ゆえ]

正式用語。表示原因、理由，作「～がゆえ（に）」時，有強調原因、理由的用意。

◇貧しいがゆえに十分な教育を受けられない人々がいる。

◇急なことゆえにたいした準備もできず、申し訳ないことをしてしまった。

◇女性であるがゆえになかなか昇進できないという事実を見過ごすことはできない。

◆ 有人因為貧窮而無法充份受教育。

◆ 由於時間匆忙沒能做什麼準備，真是對您感到抱歉。

◆ 無法忽視因為是女性之故就無法升職的事實。

―― 考古題 ――

部下を評価する立場になると、優しすぎる＿＿＿＿思い悩む人も少なくない。

1 ほどには　　　　　　2 上には

3 とばかりに　　　　　4 がゆえに

（平成16年）

～をおいて

除～之外

[意味：～の以外も（…ない）]

[接続：Nをおいて]

> 慣用表現，後接否定或疑問句，表示撇開前面選項後，不會再有或豈有其他更好的選擇，強調～為最佳。

◇次期大統領候補は彼をおいてほかに適任者はいない。

◇お願いします。こんなこと頼めるのはあなたをおいてほかにはいないんです。

◇僕が結婚したいと思う女性は令子さんをおいてほかにはいません。

◆ 下屆總統的候選人除了他之外沒有其他適任者。

◆ 拜託你了。這樣的事能拜託的除了你之外再也沒有別人了。

◆ 我想結婚的對象除了令子小姐之外，再也沒有其他人。

考古題

新しく住宅開発を進めるなら、この地域＿＿＿ほかにはない。

1 はおろか 　　　　2 ときたら

3 にそくして 　　　4 をおいて

（平成14年）

～を限りに

①以～為期限　②使～到極限

[意味：①～を最後に　②～の限界まで]
[接続：Nを限りに]

表示限度、極限。①與時間名詞或事件搭配，意指最後期限或分水嶺。②作慣用語「(声)を限りに」，意指「使(聲音)到極限」。

◇今日を限りにあなたとはお別れします。　（①）
◇このバラエティ番組は視聴率が伸びないので今回を限りに打ち切られました。　（①）
◇駒田選手は2000安打を達成した2000年を限りに引退したそうだ。　（①）
◇彼女は声を限りに彼の名を呼んだ。　（②）

◆ 從今以後將與你分道揚鑣。
◆ 這個綜藝節目的收視率平平，所以這次之後就要停播了。
◆ 聽說駒田選手是在完成2000支安打的2000年引退的。
◆ 她聲嘶力竭地呼喊著他的名字。

～を皮切りに（して）〔として〕

以～為開端

[意味：～を始まりとして]

[接続：Nを皮切りに（Vの-を皮切りに）]

表示以某項事件或行動作為開端、起點，開始一連串的發展。2級類語「～をきっかけに」意指轉折點，二者不同。

◇国防費を皮切りに種々の予算が見直されはじめた。

◇ガソリン不要車の開発を皮切りとして、我が社は環境保護車の研究・開発に力を入れ始めた。

◇そのラーメン屋は台北に1号店を開店したのを皮切りに、台湾全土にチェーン店を展開し、人気を集めている。

◆ 從國防經費開始，各個預算開始被重新評估。

◆ 以發展不需汽油的汽車為開端，本公司開始投入環保車的研究與開發。

◆ 那家拉麵店以在台北開設的第一家分店為起始，擴展其在全台灣的連鎖店，相當受到歡迎。

考古題

当劇団は評判がよく、明日の公演を＿＿＿＿、今年は10都市をまわる予定である。

1 かわきりに 　　2 かえりみず

3 前にして 　　　4 禁じえず

（平成17年）

～を禁じ得ない

不禁～

[意味：～を抑えることができない]
[接続：Nを禁じ得ない]

慣用表現，前接表示情緒的名詞，意指無法抑制心情的起伏。主詞為第一人稱以外時，須加「でしょう」等推量詞。

[比較：～にたえない]

◇戦争の映画や写真を見るたびに、戦争への怒りを禁じ得ない。

◇その飛行機事故で家族を亡くされた方々には同情を禁じ得ません。

◇テレビに映し出される難民の子供たちの姿に涙を禁じ得なかった。

◆ 每當看到戰爭的電影或是照片時，心中總不禁燃起對戰爭的憤怒。
◆ 因該次飛航事故而失去親人的家屬們，真是令人同情。
◆ 看到電視上難民孩子們的身影，我不禁流下眼淚。

考古題

私たちは彼の突然の辞職に、戸惑いを＿＿＿。

1 おぼえさせた　　　　2 余儀なくさせた
3 感じきれなかった　　4 禁じえなかった

（平成16年）

～を<u>もって</u> ＾もちまして

以～

[意味：①～によって　②～で]
[接続：Nをもって]

① 表示憑藉某項條件作為手段、基準。② 作限定意，常與時間搭配，表示期限，一般作為宣告活動結束的正式用語。

◇ この試験の結果は後日、文書をもってお知らせします。（①）
◇ きのうの飛行機事故は、世界中に衝撃をもって伝えられた。　（①）
◇ 当店は7時をもちまして閉店とさせていただきます。（②）
◇ 只今をもちまして、宝くじの販売は終了させていただきます。　（②）

◆ 這次考試的結果將另日以書面通知。
◆ 昨天的飛機事故報導，衝擊到全世界。
◆ 本店營業到7點為止。
◆ 彩券的銷售就此結束。

── 考古題 ●───────

外交官としてどう対処するべきか、彼女は身を＿＿＿示した。

1 かかげて　　2 うけて　　3 こめて　　4 もって

（平成18年）

～をものともせず（に）

不畏～；不顧～

[意味：～に負けないで；～を問題にしないで]
[接続：Nをものともせず]

慣用表現，不能用於第一人稱。表示無視於某不利因素，形容他人義無反顧（或毫不在手）的行為，語氣中常帶有讚嘆。

[比較：～をよそに]

◇彼女は３度の足のけがをものともせず、オリンピックの代表選手になった。

◇救助隊は遭難<ruby>遭難<rt>そうなん</rt></ruby>した人々を助けるために、嵐をものともせずに山へ向かった。

◇周囲の反対をものともせず、兄はいつも自分の意志を通してきた。

◆ 她不顧經歷３次的腳傷，成為了奧運選手。
◆ 救難隊為了救助遇難的人們，不畏暴風雨深入山中。
◆ 哥哥無視於周遭的反對，總是貫徹自己的意志。

考古題

彼はたび重なる困難を＿＿＿＿、前に進んでいった。

1 こめて　　　　　　　2 とわず
3 ものともせず　　　　4 たよりに

（平成17年）

～を余儀なく <u>される</u> ^ させる

不得不～

[意味：しかたなく～する；～しなければならない]
[接続：Nを余儀なくされる]

> 表示客觀形勢由不得不做某項行為。動詞作「…される」時，意指處於被動的狀態，語意為使役時則須改作「…させる」。

◇夏祭りの計画は予算不足のため、変更を余儀なくされた。
◇ダム建設のため、強制買収（きょうせいばいしゅう）の対象地区にあった約100戸（ひゃっこ）のうちのほとんどが移転（いてん）を余儀なくされました。
◇大洪水は25万人以上の人々の避難（ひなん）を余儀なくさせた。

◆ 夏季慶典的計劃由於預算不足，因而不得不做變更。
◆ 由於建設水壩，強制徵收對象的區域裡約100戶的人民大部分都已被迫搬遷。
◆ 大洪水迫使25萬以上的民眾不得不避難。

考古題

道路拡張の工事のために、この周辺の人々は引っ越しを＿＿＿。

1 余儀なくされた　　　2 余儀なくさせた
3 余儀なくしてもらった　4 余儀なくなった

（平成14年）

★★ ～をよそに

不理會～

[意味：～にかまわず；～を自分と関係ないものとして]
[接続：Nをよそに　（Vの－をよそに）]

▋表示無視於某因素的存在，彷彿不關己事般地，逕自
進行本身的動作。語氣中時而含有責難的口吻。

[比較：～をものともせず(に)]

◇ゴミ処理場（しょりじょう）建設は、付近住民の反対をよそに始まった。

◇親の期待をよそに、子どもたちは毎日ゲームに熱中して
いる。

◇鈴木君は机に積（つ）みあげられたたくさんの仕事をよそに、
会社の電話で彼女と話している。

◆ 垃圾處理場的興建，不顧附近居民的反對開始動工了。
◆ 不理會父母的期待，小孩子們每天熱中於電動玩具。
◆ 鈴木對桌上堆積如山的工作視而不見，正用公司的電話和女朋友聊天。

住民の反対運動が盛り上がるのを＿＿＿、高層ホテルの建
設工事はどんどん進められた。

1 よそに　　2 そとに　　3 あとに　　4 ほかに
（平成12年）

～んがため（に）の

為了～

[意味：～するため]

[接続：V<del>ない</del>-んがため （する→せんがため）]

> 書面語。表示欲積極達成某項目的。「Vん」為古文，表示意志，「V」的活用方式同現代日語的動詞否定形，只有「する」是作「せんがため」。　[比較：～べく]

◇人は生きんがために食べ、食べんがために働くといいます。

◇真実を明らかにせんがため、あらゆる手を尽くす。

◇生まれるということは死なんがための準備であり、人間は死なんがために生まれてきたのだ。

◆ 人可說是為了活下去而吃，為了吃而工作。

◆ 為了揭露真相，將用盡一切手段。

◆ 出生即是為了死亡做準備，人是為了經歷死亡才來到人世的。

考古題

国会で法案を＿＿＿、首相は根回し工作を開始した。

1 通せばこそ　　　　　　2 通るまいと

3 通さんがため　　　　　4 通ろうとして

（平成15年）

～んばかり（だ）・に・の

看似就要～

［意味：～しそうな様子で；～したいような様子で］

［接続：V~ない~-んばかり（する→せんばかり）］

> 書面語。表示外表看來即將呈現某種狀況，程度上幾近～的意思，為誇大的形容用法。前接動詞「する」時，作「せんばかり」。

[比較：～とばかり（に）]

◇ 士林夜市(しりんよいち)は毎晩観光客であふれんばかりだ。

◇ 彼女はその知らせを聞くと飛びあがらんばかりに喜んだ。

◇ 今にも夕立(ゆうだち)が降り出さんばかりの空模様だ。

◇ 彼は、責任はお前にあると言わんばかりの態度だった。

◆ 士林夜市每晚都像是要被觀光客擠爆了。
◆ 她得知那個消息後，樂得幾乎要跳起來。
◆ 天色看起來快下午後雷陣雨了。
◆ 他的態度一副就是責任在你身上。

考古題

新しく来たコーチに対する彼の態度は、コーチとして認めないと＿＿＿。

1 言うまでもない　　　2 言いがたい

3 言わんばかりだ　　　4 言わなくもない

(平成17年)

《**日本語能力試驗　出題基準**》書中載明敬語整理表含兩種敬語形式，一爲文法句型性質的敬語，如「お/ご〜になる」等；一爲語彙性質的敬語，如「おっしゃる」等，不論級數、性質，皆按三大分類(尊敬語、謙讓語、丁寧語)及50音順序排列。有七點注意事項，要點如下：

(1) 各級考題範圍不限於該級，亦涵蓋級數低的出題範圍。

(2) 接頭語「お/ご」修飾的敬語部分不在本表中一一列出。

(3) 本表不包含如「方(かた)」「者」「〜樣」「〜さん」等敬語名詞或接續於名詞後的敬語接尾語部分。

(4) 由表及上述(2)(3)點可看出本表以動詞的敬語爲主，並包含部分的接頭語。

(5) 本表不同於「1級」「2級」機能語表純屬範例的性質，實際上乃更接近於大範圍整理歸納的性質。並且本表不表示考題範圍不涵括未整理於表內的敬語語句。

(6) 本表列出的機能語句，除可分別單獨使用外，亦可以雙重組合的方式造句，如「お/ご〜になってくださる」(＝「お/ご〜になる」＋「くださる」)。但亦有無法合併使用的情形，如「(✗)〜いたされる」(＝「〜いたす」＋「れる」)或「(✗)お/ご〜になられる」(＝「お/ご〜になる」＋「れる」)皆不適用。關於能否同時合併使用，主要爲1級考題的出題範圍。

(7) 敬語的各種誤用問題，如除上述(6)外，還有尊敬語與謙讓語的混用等情形，皆爲各級考題的出題範圍。

敬語整理表

＊本表援引《日本語能力試験　出題基準》一書，涵蓋 1～4 級所有的敬語句型及語彙，方便讀者查詢、參考。
＊套色數字為本書頁次。

敬語 －尊敬語－

級	敬　　語	語例・文例・備考等
2	あがる *162*	ご飯をあがる(食べる意) / お酒をあがる(飲む意)　　　　　　　　　[＝めしあがる]
3	いらっしゃる *150*	明日はどこかへいらっしゃいますか(行く意) / どちらからいらっしゃったのですか(来る意) / 先生は今日はずっと研究室にいらっしゃる(いる意)
3	・～ていらっしゃる *166*	歴史を研究していらっしゃる
2	・～でいらっしゃる *171*	(お)きれいでいらっしゃる / 会長でいらっしゃる　等
2	・～くていらっしゃる *171*	(お)忙しくていらっしゃる
3	おいでになる *150*	明日はどこかへおいでになりますか(行く意) / どちらからおいでになったのですか(来る意) / 先生は今日はずっと研究室においでになる(いる意)
2	・～ておいでになる *166*	歴史を研究しておいでになる
2/3	・おいでくださる/ください *152*	お忙しいところおいでくださって有難うございました　　　　　　　[「ください」は3級]
2	おこしになる/おこしくださる(い) *151*	石川様、正面玄関までおこしください
2	お/ご～だ/です等 *167*	社長がお呼びです / 先生は最近どんな問題をご研究ですか
3	お/ご～になる *142*	お招きになる / ご研究になる　等

2	お/ご~になれる 144	あの喫茶店ならゆっくりお話しになれますよ（「お/ご~になる」の可能表現）
3	おっしゃる 158	先生はそうおっしゃった
1	き-[貴-]（接頭辞）172	貴社/貴校/貴職/貴兄　等
3/4	くださる/ください	先生は私にこの本をくださった/あれをください（ませんか）　　　［「ください」は4級］
3/4	・~てくださる/ください	貸してくださる/貸してください（ませんか）　　　　　　　　　［「ください」は4級］
2/3	・~（さ）せてくださる/ください 148	先生は私にその本を使わせてくださった/明日休ませてください　　［「ください」は3級］
2/3	・お/ご~くださる/ください 146	お貸しくださる/ご指導ください　等　　　　　　　　　　　　　［「ください」は3級］
1	こう-[高-]（接頭辞）173	御高説/御高配/御高評　等
3	ごぞんじ 160	来週パーティーがあることをごぞんじですか
3	ごらんになる 156	先生の奥様はいつもこの番組をごらんになるそうです
2/3	・ごらんくださる/ください 156	先生は私のレポートを丁寧にごらんくださった　　　　　　　　［「ください」は3級］
1	そん-[尊-]（接頭辞）173	御尊父/御尊家/御尊顔　等
3	なさる 164	先生は授業以外にもいろいろな仕事をなさっている
3	・~なさる	研究なさる/ドライブなさる　等
2	・お/ご~なさる 142	お招きなさる/ご研究なさる　等
3	みえる 153	どなたか私を訪ねて見えましたか――いえ、どなたも見えませんでした
3	めしあがる 162	ご飯をめしあがる（食べる意）/お酒をめしあがる（飲む意）

級	敬 語	語例・文例・備考等
1	めす *164*	おきれいなお着物をお召しになっている/お風邪を召す/お年を召す/お気に召す
3	～（ら）れる	招かれる/尋ねられる/研究される　等

敬語 －謙譲語－

級	敬 語	語例・文例・備考等
2	あがる *154*	先生のお宅へあがる
3	いたす	この仕事は私どもがいたします
3	・～いたす	研究いたします/ドライブいたします　等
3	・お/ご～いたす *143*	お招きいたします/ご案内いたします　等
3	いただく *163*	私は先生からこの本をいただきました（もらう意）/毎朝ジョギングをしているおかげで何でもおいしくいただけます（飲食する意）
3	・～ていただく	招いていただく/説明していただく　等
2	・～（さ）せていただく *149*	先生の辞書を利用させていただいた/明日休ませていただけないでしょうか
2	・お/ご～いただく *146*	お招きいただく/ご説明いただく　等 ［「おいでいただく」「ごらんいただく」も含む］
2	・お/ご～ねがう *147*	お調べ願いたいのですが/ご検討願えませんか　　［「おいで願う」「ごらん願う」も含む］
3	うかがう *154*	お話を伺う（聞く意）/ちょっと伺いますが（尋ねる意）/先生のお宅に伺う（訪ねる意）
2	うけたまわる *165*	ご意見をうけたまわる/ご注文をうけたまわる
3	・お/ご～する *143*	お招きする/ご案内する　等

2	・お / ご～できる 145	明日お届けできます / 私が先生をご案内できますよ（「お / ご～する」の可能表現）
2	おめにかかる 155	社長にお目にかかりたいのですが
2	おめにかける 157	実物をお目にかけましょう
3	おる	明日は一日家におります
3	・～ておる 168	明日は一日家で仕事をしております
1	ぐ-[愚-]（接頭辞）174	愚見 / 愚考 / 愚息 / 愚妻　等
2	ごらんにいれる 157	実物をごらんに入れましょう
3	（さし）あげる	ぜひ奥様にその絵を（さし）あげたいと思いましてね
3	・～て（さし）あげる	私がかわりに行って（さし）あげましょう
1	しょう-[小-]（接頭辞）174	小社 / 小店 / 小著 / 小文　等
1	せつ-[拙-]（接頭辞）174	拙著 / 拙稿 / 拙作 / 拙宅　等
2	ぞんじる / ぞんずる 161	来月には完成すると存じます（思う意）/ そのことならよく存じております（知る意）
2	ぞんじあげる 161	お父様のことは以前からよく存じ上げております
2	ちょうだい[頂戴]（する / いたす）163	先生からおみやげを頂戴した
2	はい-[拝-]（接頭辞）175	［下記「拝見」「拝借」のほか、］拝受 / 拝聴 / 拝読 / 拝顔　等
3	はいけん[拝見]（する / いたす）175	先生のお宅のお庭を拝見させていただきました
2	はいしゃく[拝借]（する / いたす）175	明日まで拝借してもよろしいでしょうか
1	へい-[弊-]（接頭辞）174	弊社 / 弊店 / 弊校 / 弊紙　等

敬語整理表

3	まいる *154*	私がまいります(謙譲語) / 電車がまいります (いわゆる丁重語)
2	・～てまいる *184*	私も次第にわかってまいりました(謙譲語) / 寒くなってまいりました(いわゆる丁重語)
3	もうす *159*	父はそう申しました
3	もうしあげる *159*	私がそのことを社長に申し上げましょう
2	・お/ご～もうしあげる *143*	お願い申し上げます / ご案内申し上げます 等

敬語 －丁寧語－

級	敬　　語	語例・文例・備考等
4	ます	私は毎日学校へ行きます
4	です	これは本です
3	ございます(存在・所有)	あちらに申込書がございます/私には兄弟がございません
3	・～でございます *170*	こちらが会場でございます
2	・形容詞(音便形)＋ございます *170*	(お)高うございます/大きゅうございます/(お)寒うございます/細うございます
1	・その他の補助動詞用法の「ございます」*169*	こちらに整えてございます/いまだに完成せずにございます

敬語整理表

敬語總整理

何謂敬語？

「敬語」顧名思義是指恭敬的用語，為說話者以禮貌、客氣的形式將話語傳達出去，以表示心中的敬意與個人的教養。日語敬語的表達方式多樣，基本上是說話者根據其與聽者、話題中人物的關係及場合來決定如何使用。

☑三方關係（說話者 *vs.* 聽者、話題中人物）：

- 長輩、平輩或晚輩？
- 社會地位高或低？
- 彼此關係親密或疏遠？
- 內部的人（ウチ）或外面的人（ソト）？

☑場合：

- 是否居於正式場合？如會議、宴會、演講報告等

說話者依據上述關係及配合場合而使用適當的表達方式，若遇尊長、上級、外面的人或處於正式場合即以敬語表示敬意及禮貌。

敬語的種類

敬語主要分成「尊敬語」、「謙讓語」和「丁寧語」三大類。

註：平成19年，日本文化廳另從「謙讓語」細分出「丁重語」，另外再加上「美化語」，共分成五類；本書依照《出題基準》採用傳統分類，參見 *p.137*「謙讓語B」的說明。

1 尊敬語

以尊敬的表達方式對動作或狀態的主體及其所有物表示敬意，要表示敬意的對象一般是說話者的上級、長輩或「ソト」。表達方式主要有三種：

(1)使用表示尊敬的接頭語或接尾語。

a 接頭語，如「お、ご、貴、御、高、尊」等，接在名詞、形容
　詞的前面。

　　お知らせ、**お**元気、**ご**住所、**ご**両親、**貴**店、**御**社、**高**見、

　　尊顔・・・

b 接尾語，如「さん、様、氏、先生、殿」等，接在人名、職稱
　等之後。

　　林**さん**、田中**様**、高島**氏**、小林**先生**、鈴木課長**殿**・・・

c 同時使用接頭語與接尾語表示。

　　お医者**さん**、**お**嬢**様**、**ご**両親**様**・・・

(2)動詞以造語的形態表示尊敬，採用助動詞「～(ら)れる」
　　或以句型如「お/ご～になる」等的形式出現。

　　読む＋れる→読ま**れる**

　　来る＋られる→来**られる**

　　読む＋「お～になる」→**お**読み**になる**

　　説明する＋「ご～になる」→**ご**説明**になる**

> ※留意有三種情況無法使用「お/ご～になる」的句型變化，須用助
> 動詞或特殊動詞的形式。
> ①第Ⅲ類(サ變、カ變)動詞的「する、来る」。
> ②「いる、見る、寝る」等由兩音節組成的第Ⅱ類(上、下一段)動詞。
> ③其他通常使用特殊動詞形式的動詞，如「言う、くれる」等。

(3)使用表示尊敬之意的特殊動詞。

　　する→なさる　　　　　　来る→いらっしゃる

　　いる→いらっしゃる　　　見る→ご覧になる

　　言う→おっしゃる　　　　くれる→くださる

　　其他參見「特殊敬語動詞」表（*p.140*）。

2 謙讓語

A.貶低動作主體的我方，相對地尊敬動作所及的對象或聽者。要表示敬意對象的範圍同尊敬語。表達方式主要有三種：

(1)使用表示謙讓的接頭語或接尾語。

a 接頭語，如「お、ご、愚、弊、小、拙、拝」等，接在名詞或一個漢字的前面。

(あなたへの)お手紙、(あなたへの)ご連絡、愚息、弊社、小生、拙宅、拝見・・・

b 接尾語，如「ども、め」等，用於謙稱自己或與自己有關的人。

私ども、親類ども、私め・・・

(2)動詞以句型的形態表示謙讓，如「お/ご～する」「お/ご～申し上げる」等。

持つ＋「お～する」→お持ちする

紹介する＋「ご～する」→ご紹介する

喜ぶ＋「お～申し上げる」→お喜び申し上げる

相談する＋「ご～申し上げる」→ご相談申し上げる

※留意有三種情況無法使用此變化形式，須用表示謙讓之意的特殊動詞表達。
①第Ⅲ類(サ變、カ變)動詞的「する、来る」。
②「いる、見る」等由兩音節組成的第Ⅱ類(上、下一段)動詞。
③其他通常使用特殊動詞形式的動詞，如「言う、もらう」等。

(3)使用表示謙讓之意的特殊動詞。

する→いたす　　　　**来る→参る**

いる→おる　　　　　**見る→拝見する**

言う→申す　　　　　**もらう→いただく**

其他參見「特殊敬語動詞」表（*p.140*）。

B.以特殊謙讓動詞描述與對方無直接關係的事物的動作或狀態，而單純對聽者表達鄭重的敬意，有學者細稱之為「丁重語」。註：日本文化廳稱此為「謙讓語Ⅱ（丁重語）」。

　　参る➡ 寒くなってまいりました。

　　いたす➡ 電車はまもなく２番線を通過いたします。

　　おる➡ 列車は事故で30分遅れております。

> ※「参る」之謙讓語與丁重語用法的區別：
> 　明日９時に社長のお迎えに参ります。
> 　〈謙讓語，貶低自我的動作主體，並且動作須及於對方〉
> 　３番線に電車が参ります。
> 　〈丁重語，動作與對方無直接關係，並且動作不及於對方〉

3 丁寧語

使用鄭重、客氣的說法，面對面直接對聽者表示禮貌與個人的教養，表達方式有三種：

(1)出現於句尾，如敬體的「です」「ます」等。

　　今日は水曜日です。

　　あした日本へ行きます。

　　靴売り場は３階でございます。〈比「です」更禮貌的形式〉

　　実際の商品は写真と異なる場合がございます。
　　　　　　　　　　　　　〈比「あります」更禮貌的形式〉

> ※尊敬語與丁寧語的區別：
> 　小林校長は昨日会議にご出席になった。
> 　〈尊敬語，只對動作主體表示敬意〉
> 　小林校長は昨日会議に出席しました。
> 　〈丁寧語，只對聽者表示禮貌〉
> 　小林校長は昨日会議にご出席になりました。
> 　〈尊敬語＋丁寧語，對動作主體表示敬意且對聽者表示禮貌〉

敬語總整理

(2)添加接頭語「お、ご」等，接在名詞或形容詞的前面，單
純美化一般詞彙，有學者細稱之爲「美化語」。

今日は<u>お</u>暑いですね。
台湾の<u>お</u>酒を味わってみてください。

横跨敬語三領域的「お」「ご」

　　原則上，「お」接在訓讀的和語，而「ご」主要接在音讀
的漢語前。有些漢語可接在「お」或「ご」之後，如「お返事
／ご返事」，但也有少數限定只能接在「お」的後面，如「お
時間、お天気」等。可在閱讀時稍加留意並熟習用法。由於
「お」「ご」是敬語中最常出現的詞語，範圍廣大，較爲繁
雜，所以《出題基準》未整理於表中，在此則將用法細分說
明如下：

1 尊敬語「お」「ご」

置於對方的動作和屬於對方所有物的名詞前，亦可置於
說明對方狀態的形容詞、副詞前，來表示對對方的恭敬之
意。

お出かけ、お話、ご活躍、ご説明‥〈對方的動作〉
お荷物、お電話、ご家族、ご両親‥〈對方的所有物〉
お元気、お忙しい、ご心配、ごゆっくり‥〈對方的狀態〉

2 謙讓語「お」「ご」

主要置於與對方有關的我方動作和所有物的名詞前，藉
由貶低自己來表示對對方的恭敬之意。

(あなたへの)お祝い、ご連絡‥〈作用及於對方的我方動作〉
(あなたへの)お手紙、お電話‥〈與對方有關的我方所有物〉

3 丁寧語「お」「ご」

置於與雙方無直接關係的日常一般語彙前,用以美化措詞,顯示態度高雅、有教養。通常為女性用語。

お天気、お店、お寒い、おいくら、ご馳走、ご飯・・・

> ※留意不要隨意濫用。一般來說,不置於外來語、動植物名之前。
> （○）お茶　　　　（×）おジュース
> （○）お店　　　　（×）おスーパー
> （×）お犬　　　　（×）お桜

特殊敬語動詞

　　有些動詞本身具有表示尊敬或謙讓之意的特殊動詞形式,要對對方表示敬意時,可以使用P.140表中所列的常見特殊尊敬或謙讓動詞。

敬語的使用原則

　　日語的敬語是一門龐大繁雜的學問,連日本人本身在出社會時也會人手一本敬語學習書,以免職場上用錯措詞,影響工作成效。日本社會新鮮人即常有將謙讓語當做尊敬語,或將尊敬語誤作謙讓語使用的情形。所以平常學習敬語時,必須留意尊敬語與謙讓語的區別,使用時也須留意「相手の動作には尊敬語、自分の動作には謙譲語」的原則。

　　敬語雖可以說是職場與社交人際關係上的潤滑劑,但也須切記勿濫用。除非居於極為特殊的正式場合,否則若

尊敬動詞	一般動詞	謙讓動詞
いらっしゃる おいでになる お越しになる	行く 来る	参る あがる
いらっしゃる おいでになる	いる	おる
なさる	する	いたす
ご覧になる	見る	拝見する
召し上がる あがる	食べる 飲む	いただく
お休みになる	寝る	
おっしゃる	言う・話す	申す・申し上げる
ご存じ	知る	存じる・存じ上げる
	思う	存じる
お召しになる	着る	
	見せる	ご覧に入れる お目にかける
	会う	お目にかかる
	与える・やる	あげる・さしあげる
くださる	くれる	
	もらう	いただく・頂戴する
	借りる	拝借する
	わかる	承知する
おいでになる	訪ねる	伺う・あがる
	聞く	伺う・承る
	尋ねる	伺う

註：空格表示該一般動詞無特殊的尊敬或謙讓動詞。

一句話裡有很多地方使用敬語，如下面例句1，只會顯得累贅與做作，應改成例句2較爲適宜。

1. (△)部長は<u>お電話</u>で<u>ご出張</u>の<u>ご相談</u>を<u>なさっていらっしゃ</u>
<u>います</u>。

2. (○)部長は電話で出張の相談をなさっています。

另外，除常見的慣用語外，更應避免使用「二重敬語<ruby>二<rt>に</rt></ruby><ruby>重<rt>じゅう</rt></ruby><ruby>敬<rt>けい</rt></ruby><ruby>語<rt>ご</rt></ruby>(雙重敬語)」。例如：

1. (△)先生はもうこの本を<u>お読みになられました</u>か。

2. (○)先生はもうこの本をお読みになりましたか。

3. (○)先生はもうこの本を読まれましたか。

第一句爲「お～になる」+「(ら)れる」構成的雙重敬語，由於太過客氣，顯得有虛禮之嫌。應改成第二句或第三句才適宜。

　　總之，使用時「勿過與不及」，適當地傳達對對方的敬重即是完美、貼切的敬語表達方式。

敬語總整理

お/ご～になる ＾なさる

[尊敬語]

[意味：相手が～する]
[接続：おR-になる；ごNになる]

對於對方所行使的動作表示敬意的說法，尊敬程度高
於「～(ら)れる」。「お/ご～になる」為敬語中使用頻率
最高的慣用句型。

◇先生、お使いになりますか。

◇その本、お読みになったら、貸していただけませんか。

◇目的地にご到着になりましたら、担当までお電話をお願
いいたします。

◇総理は経済政策について明日の会議で正式にご説明なさ
るそうです。

◆ 老師，您要用嗎？
◆ 那本書您看完之後，可以借給我嗎？
◆ 到達目的地之後，煩請打電話給負責的人。
◆ 聽說總理在明天的會議上會正式說明經濟政策。

お/ご～する ＾いたす・申し上げる

[意味：私が～する]

[接続：おR-する；ごNする]

> 向對方謙稱自己動作時的説法。「お/ご～申し上げる」的説法最謙遜，「お/ご～いたす」次之；「お/ご～する」的敬意程度居三者之末，但使用頻繁。

◇ますますのご健康とご活躍をお祈り申し上げます。〔手紙文〕

◇お客様には大変ご迷惑をおかけしたことをお詫び申し上げます。

◇ご多忙のところ、誠に恐縮ではございますが、多数のご参加をいただきたくご案内致します。

◇重たいですね。お持ちしましょうか。

◆ 敬祈身體日益健康暨事業順利。
◆ 造成顧客極大困擾，特此致歉。
◆ 百忙之中，誠惶誠恐，謹此邀請各位踴躍參加。
◆ 很重吧，讓我來拿吧。

お/ご～になれる

[尊敬語]

[意味：相手が～できる]

[接続：おR-になれる；ごNになれる]

> 為「お/ご～になる」的可能表現，表示對方可以做某項動作時的尊敬說法，常見於設施或服務項目等的說明中，主要為服務行業用語。

◇この商品はインターネットの通信_{つうしん}販売でもお買い求めになれます。

◇このホームページからオンライン予約の方に限り、下記割引料金にて、お泊りになれます。

◇各種サービスは年末年始_{ねんまつねんし}も平常通_{へいじょうどお}りご利用になれます。

◇集合時間に遅れる方_{かた}は、ご参加になれませんので、ご了_{りょう}承_{しょう}ください。

◆ 這項商品也可以利用網路購買。

◆ 僅限於由此網頁線上預約的顧客能以下列的優惠價格住宿。

◆ 各項服務於歲末新春期間也能照常利用。

◆ 集合時間遲到的人士就無法參加，敬請知悉。

お/ご〜できる

［意味：私が〜できる］
［接続：おR-できる；ごNできる］

> 為「お/ご〜する」的可能表現，用於謙虛表示我方有能力或情況允許做某項動作時的說法。

◇10日までにお申し込みいただければ、今月中にお届けできます。

◇申し訳ございません。こちらはお見せできないことになっております。

◇その日はあいにくスケージュールがいっぱいでご案内できません。

◆ 若在10號以前訂購的話，可在本月底前送達。
◆ 很抱歉，這裡依規定不對外開放參觀。
◆ 那天不巧行程全滿，無法招待。

お/ご〜くださる^ぃ	お/ご〜いただく
[尊敬語]	[謙讓語]

[意味：〜してくれる ‖ 〜してもらう]

[接続：おR-くださる/いただく；ごNくださる/いただく]

表示感謝對方為我方做某項動作時的恭敬說法。語意上分別與「〜てくださる」「〜ていただく」相同，但程度上更為客氣。「お/ご〜ください」為請求句。

◇これは先生がお送りくださった本です。

◇禁煙ご協力ください。

◇おたばこはご遠慮ください。

◇本日も〇〇バスをご利用いただき、ありがとうございました。

◆ 這是老師惠贈的書。

◆ 敬請配合禁菸。

◆ 請勿吸菸。

◆ 感謝各位今日再度搭乘〇〇客運。

考古題

みなさん、わざわざお出迎え＿＿＿、ありがとうございます。

　1 られて　　2 されて　　3 いたされ　　4 くださり

(平成10年1級)

お/ご〜願う

［意味：〜してくれるのを願う；〜してください］
［接続：おR−願う；ごN願う］

謙遜表示我方請求時的說法，可視為「お/ご〜くださ
い」的含蓄說法。更婉轉的說法可作「お/ご〜願えま
すか」。

◇素人採寸につき、誤差はお許し願います。

◇詳細は各地の販売代理店までお問い合わせ願います。

◇個人情報が正しいかどうかご確認願います。

◇まことに申し訳ございませんが、もう一度ご検討願えま
せんか。

◆ 由於不是專業人士量的尺寸，難免有誤差，敬請見諒。
◆ 詳情請洽各地專賣店。
◆ 請確認個人資料是否正確。
◆ 非常抱歉，能否請您重新評估一次。

～せてくださ<u>る</u>＾ぃ

[尊敬語]

[意味：～（さ）せてくれる]
[接続：Ｖ＜使役て形＞-くださる]

表示對方主動允許我方做某項動作時的恭敬說法，常用於對上位者的大方許可表示感謝。

◇中山先生は卒業式の後、生徒一人一人全員に写真を撮らせてくださった。

◇初めて生け花を習いに行った。先生はとても親切な方で、初心者の私にも花に触らせてくださった。

◇是非あなたの写真を撮影させてください。

◆ 中山老師在畢業典禮之後，讓全部學生一個個和他拍照留念。
◆ 第一次去學插花。老師人非常親切，還讓初學者的我也碰了花。
◆ 請務必讓我為您照張相。

～せていただく

[謙讓語]

[意味：～(さ)せてもらう]
[接続：Ｖ＜使役て形＞－いただく]

> 表示欲獲得對方允許我方做某項動作時的恭敬說法。
> 若該動作不需對方允許，純粹只是禮貌上詢問時，視
> 同「する」的謙遜說法，中譯為「容我～」。

◇今日の午後はちょっと早めに帰らせていただきたいので
　すが…。

◇受験希望者が多数の場合、期間内でも締め切らせていた
　だくことがあります。

◇安全のため、お客様のお荷物はすべて預からせていただ
　くことになっております。

◆ 今天下午我想早點回家，不曉得(可不可以)……。
◆ 如果報考人數眾多，也有可能在期限內截止受理。
◆ 為確保安全，顧客的行李依規定必須全數寄放。

考古題

ドアのところに私のかさを＿＿＿＿いいですか。

1 置かせてくださっても　　　　2 お置きくださっても

3 置かせていただいても　　　　4 お置きになっても

（平成16年1級）

おいでになる ＾ いらっしゃる

[尊敬語]

[意味：相手が行く；相手が来る；相手がいる]

> 尊稱對方①「來、去、前往」的移動動作；②「在、出席」的存在狀態。「おいでになる」比「いらっしゃる」的用法還要尊敬。

[比較：おいでくださる]

◇明日、社長がこちらへいらっしゃいます。（①）

◇夏休みはどこかへいらっしゃるんですか。（①）

◇車でおいでになった方には駐車券を差し上げます。（①）

◇ブックフェアにはもうおいでになりましたか。（①）

◇明日はお宅においでになりますか。（②）

◆ 明天總經理會來這裡。
◆ 您暑假有要去哪裡出遊嗎？
◆ 開車光臨的人士，我們將敬贈停車券。
◆ 您去參觀過書展了嗎？
◆ 您明天會在府上嗎？

お越しになる くださる・ください

[意味：相手が行く；相手が来る]

> 尊稱對方「來、去、前往」的移動動作。常見用於服務業，例如「ありがとうございました、またお越しくださいませ（謝謝惠顧，請下次再度光臨）」。

◇ぜひまたお越しください。

◇是非お越しくださりますよう、お願い申しあげます。

◇ちょっと1泊旅気分で、奈良にお越しになりませんか。

◇お客様は車でお越しになりますか。

◆ 敬請再次大駕光臨。
◆ 請您務必大駕光臨。
◆ 就當作是兩天一夜的旅行，到奈良來一趟如何？
◆ 客人您是要開車去嗎？

考古題

先月引っ越しましたので、近くに＿＿＿ときは、ぜひお立ち寄りください。

1 うかがった　　　　　2 まいった

3 おこしになった　　　4 おじゃました

（平成14年2級）

おいでくださる ^ ぃ

[尊敬語]

[意味：相手が来てくれる]

▌尊稱對方「来」的動作，注意分辨與「おいでになる」的異同。「おいでください」為請求句。

[比較：おいでになる]

◇台湾へようこそおいでくださいました。

◇当旅客サービスセンターでは、団体でおいでくださる方々に対し、展示館での解説サービス要請を受け付けております。

◇地球環境に関心ある方ならどなたでもおいでください。

◆ 歡迎來到臺灣。
◆ 本旅客服務中心接受團體來賓提出展覽館解說的服務申請。
◆ 歡迎所有關心地球環境的人蒞臨。

考古題

本日は雨の中、遠くまで＿＿＿、ありがとうございました。

1 おいでくださって　　　2 参ってさしあげて

3 来てさしあげて　　　　4 来られてくださって

（平成16年2級）

お見えになる ← 見える

[尊敬語]

[意味：相手が来る]

尊稱對方「來、抵達」的動作。注意「見える」動詞本身就是尊敬語，但敬意程度不及「お見えになる」。亦可作「お見えです」。

◇野口様がお見えになりました。

◇お客さんがまもなくお見えになります。

◇客が見える前に身なりを整えなさい。

◇先生がお見えです。

◆ 野口先生已經來了。

◆ 客人馬上就到。

◆ 客人到之前先整理好儀容。

◆ 老師來了。

伺う ^ あがる・参る
<small>うかが</small>　<small>まい</small>

［意味：私が訪ねる；私が行く］

謙遜表示我方「去、拜訪」的動作。「伺う、あがる」為「訪ねる」的謙讓語；「参る」則除了「去」的含義之外，亦有「來」的謙遜用法。

［參見：辨析13］

◇明日午後３時ごろ伺います。

◇これからご相談にあがってもよろしいでしょうか。

◇ご注文の品物は来週の月曜日にお宅へお届けにあがる予定です。
<small>しなもの</small>

◇つきましては、よろしくお取り計らいいただきたく、お願いに参りました。
<small>と　はか</small>

- ◆ 將於明日下午三時左右拜訪。
- ◆ 我現在去找您商量方便嗎？
- ◆ 您訂購之物品預定下週一送至府上。
- ◆ 因此想來拜託您代為妥善安排。

お目にかかる

[謙譲語]

[意味：相手に会う]

> 表示和對方見面的客氣說法，含有榮幸的意思。「かかる」為自動詞。

[比較：お目にかける]

◇今度お目にかかる日を楽しみにしております。

◇私は先生の奥様にパーティーで一度お目にかかったことがあります。

◇お目にかかれて光栄です。

◇昨日はお目にかかれなくて残念でした。

◆ 期待下次與您見面的日子。
◆ 我在宴會中見過老師的夫人一面。
◆ 很榮幸能與您見面。
◆ 很遺憾昨天沒能見到您。

考古題

この話は私が社長に＿＿＿ときに、ゆっくりご説明いたします。

1 お目にかかった　　2 お会いになった
3 拝見した　　　　　4 ごらんになった

（平成14年2級）

ご覧になる ^ くださる

［尊敬語］

［意味：相手が見る］

▌對對方「看」的動作表示恭敬的說法，即「見る」的尊敬語。形態類似的「ご覧に入れる」意思為「見せる」，切勿混淆。

［比較：お目にかける］

◇この資料はもうご覧になりましたか。

◇私のホームページをご覧になった方から感想のメールが届きました。

◇日時、会場につきましては、別途開催案内をご覧くださいますようお願いいたします。

◇どうぞごゆっくりご覧ください。

◆ 這份資料您看了嗎？
◆ 參觀過我的網頁的人寄來寫有感想的電子郵件。
◆ 關於日期時間、會場地點，敬請參見另外的開會通知書。
◆ 請慢慢觀賞。

お目にかける ⌒ ご覧に入れる

[謙譲語]

[意味：相手に見せる]

> 表示出示某項事物請對方看，相當於中文的「過目」。
> 「かける」和「入れる」皆為他動詞。

[比較：お目にかかる、ご覧になる]

◇この記事に関連した写真を３枚お目にかけるつもりです。

◇昨日お目にかけたサンプルでよろしいでしょうか。

◇画像をご覧に入れながらご説明いたします。

◇残念ながら、今日は霧のため、富士山をご覧に入れることができません。

◆ 預備請您過目與這份報導有關的三張照片。
◆ 昨日請您過目的樣品可以嗎？
◆ 邊請您看影像邊說明。
◆ 很遺憾，由於今日有霧，無法讓您看見富士山。

おっしゃる

[尊敬語]

[意味：相手が言う]

> 對對方的發言動作表示敬意的說法，為第一類(五段活用)動詞，但ます形與命令形時，分別必須作「おっしゃいます」與「おっしゃい」。

◇お名前は何とおっしゃいますか。

◇どうぞ、何なりとおっしゃってください。

◇先生は「卒業してもがんばれ」とおっしゃいました。

◇社長がおっしゃったように、我々は今互いに協力しなければならない。

◆ 請教大名。
◆ 請您儘管說。
◆ 老師說：「畢業後也要加油」。
◆ 正如總經理所言，我們目前必須互相合作。

申し上げる＾申す
もう　あ　　　　　もう

[謙讓語]

[意味：私が言う]

謙虛表示我方的發言動作；「申し上げる」比「申す」的表現更謙遜，同時還多了對對方的敬意。

[參見：辨析14]

◇鈴木と申します。

◇暑中見舞い申し上げます。〔手紙文〕
しょちゅう

◇派遣の延長については、先ほど何度も申し上げたとおりです。
はけん

◇還暦のお祝いを申し上げ、ますますのご健勝をお祈りいたします。
かんれき　　　　　　　　　　　　　　　　　　けんしょう

◆ 我叫鈴木。

◆ 致上暑期問候。

◆ 有關派遣的延長事宜，如同先前的幾次說明。

◆ 恭賀六十大壽，並祝您身體更加強健。

ご存じ

[尊敬語]

[意味：相手が知っている]

表示對方知曉某件訊息時的恭敬說法，通常作疑問句「～をご存じですか」。注意「ご存じ」雖是由謙讓動詞「存じる」而來，但用法完全相反。

[比較：存じる]

◇たばこの害をご存じですか。

◇金山さんが入院されたのをご存じですか。

◇ご存じかとは思いますが、念のためもう一度お知らせいたします。

◇田中先生はアメリカの映画についてあまりご存じではなかったようです。

◆ 您曉得香菸的危害嗎？
◆ 您曉得金山先生住院的事嗎？
◆ 或許您已經知道，但為求謹慎，仍再次通知。
◆ 田中老師好像不太清楚美國電影。

存じる ^ 存じ上げる

[謙讓語]

[意味：①私が思う　②私が知っている]

「存じる」為 ①「思う、考える」②「知る」的謙讓動詞；「存じ上げる」是更謙遜的説法。作②解釋時須仿照「知っている」，作「存じておる」或「存じている」。

◇新たな年、健やかにお迎えのことと存じます。（①）

◇A：お茶の正しい入れ方をご存じですか。

　B：ええ、存じております。（②）

◇私は、東京大学の小林教授のことは以前から存じ上げておりました。（②）

◆ 新的一年，大家身體健康。
◆ A：您知道泡茶的正確方法嗎？
　 B：嗯，知道。
◆ 我從以前就認識東京大學的小林教授。

考古題

ごぶさたしておりますが、先生にはお変わりなくお過ごしのこと＿＿＿。

1 と存じます　　　　2 と申しあげます

3 でございます　　　4 でいらっしゃいます

（平成11年2級）

召し上がる _{め あ} 〈あがる・召す〉

[尊敬語]

[意味：相手が飲食する]

> 對對方用餐、飲食的動作表示敬意時的說法，「あがる」通常以「おあがりください」的形式出現。「召す」「上がる」都是尊敬語，合在一起時「召し上がる」的敬意程度最高。

◇先生、何か召し上がりますか。

◇お好みの味付けで召し上がってください。

◇昨日、社長は何も召し上がりませんでした。

◇どうぞお茶をおあがりください。

◆ 老師您要吃點什麼東西嗎？
◆ 請隨個人的喜好調味享用。
◆ 總經理昨天什麼也沒吃。
◆ 請用茶。

いただく

［意味：私が飲食する；私がもらう］

> 對自己用餐、飲食動作的客氣說法。「いただく」同時也是「もらう」的謙讓語，表示自己收受東西的動作，用法相當於「頂戴^{ちょうだい}する、頂戴いたす」。

◇Ａ：コーヒーいかがですか。

　Ｂ：いただきます。

◇これは先生にいただいた辞書です。

◇こちらは永石^{ながいし}様より頂戴いたしました。

◇こちらの野菜は無農薬の安全な野菜です。毎日おいしくいただいております。

◆ Ａ：要不要喝咖啡？
　 Ｂ：好啊，謝謝。

◆ 這是老師送我的字典。

◆ 這是永石先生給我的。

◆ 這裡的蔬菜是無農藥的安全蔬菜，每天都能吃到美味。

召^めす ^ なさる

[意味:相手がする]

> 「する」的尊敬語，其中「なさる」僅作「做」解釋，「召す」則和「する」一樣，可作多種含義，例如表示飲食(=召し上がる)、穿著等，但主要是作慣用語。「召す」的更尊敬說法為「召される」。

[參見：辨析15]

◇先生は授業以外にもいろいろな仕事をなさっている。

◇素敵な洋服をお召しになっていますね。

◇皆様もお風邪を召さぬようお気をつけください。

◇この商品はお子様やお年^{とし}を召した方にも、安全にお使いいただけます。

◆ 老師除了授課之外，還兼了很多工作。
◆ 您身上的衣服真美。
◆ 也請各位留意不要受到風寒。
◆ 這項產品無論是孩童或年長者都能安全使用。

敬語總整理

うけたまわる

[謙讓語]

[意味：私が受ける；私が聞く]

漢字寫作「承る」。表示①接受、承接；②聽聞，此時等同謙讓動詞「拝聴する」。非常恭敬的用語。

◇24時間いつでもご注文をうけたまわっております。（①）

◇今回の出版に関してご配慮を承り、感謝にたえない。（①）

◇確かに承りました。折り返しご連絡いたしますので、しばらくお待ち下さい。（①）

◇この春お息子様には、○○大学を優秀な成績でご卒業なさいました由承り、心からお祝い申し上げます。（②）

◆ 24小時隨時接受您的訂購。
◆ 這次關於出版的事受到您的關照，實在感激不盡。
◆ 我們已確實收到，將盡快與您連絡，敬請稍事等候。
◆ 聽說今年春天令郎以優異的成績自○○大學畢業，謹此衷心祝賀。

考古題

客　「先日、電話で予約した前田ですが。」
店員「ああ、前田様ですね。＿＿＿＿。」

1 すみませんが、ご予約をおうけたまわりになってください
2 ご予約、おうけたまわりくださって、ありがとうございます
3 すみませんが、ご予約をうけたまわってください
4 ご予約、うけたまわっております　　　（平成17年2級）

～ていらっしゃる ^ おいでになる・おられる

[尊敬語]

[意味：相手が～ている]
[接続：Vて－いらっしゃる]

「～ている」的尊敬語，表示對對方的狀況或正在行使的動作的敬意；謙稱自己時是作「～ておる」。

[比較：お/ご～です]

◇A：田中先生のご専門は何ですか。

B：私もよくわからないんですけど、日中関係について研究していらっしゃるみたいですよ。

◇前社長は退職後故郷の九州へ引っ越され、一人で住んでおいでになるそうです。

◇この問題についてそちらはどのように考えておられるのか、ぜひ伺いたいと思っております。

◆ A：田中老師的專攻是什麼？
B：我也不太清楚，好像是研究有關中日關係吧。
◆ 據說前任總經理在退休後搬回故鄉九州，獨自一個人生活。
◆ 有關這個問題，我很想聽聽您有何看法。

お/ご～です

［意味：相手が～ている］

［接続：おR－です；ごNです］

「～ている」的尊敬語，尊稱對方目前的狀況或正在行使的動作，相當於「～ていらっしゃる」。

［比較：～ていらっしゃる］

◇秘書：社長、お客様がお待ちです。

　社長：うん。すぐ行くよ。

◇部下：課長、部長がお呼びですよ。

　課長：何の用かなあ。

◇白寄先生、最近はどのようなテーマをご研究ですか。

◆ 秘書：總經理，客人在等您。
　總經理：嗯，馬上去。

◆ 下屬：課長，經理在找您喔！
　課長：會是什麼事呢？

◆ 白寄老師，最近在研究什麼專題呢？

～ておる

[意味：私が～ている]

[接続：Vて-おる]

> 謙稱自己正在行使的動作或是狀態；注意「～ておられる」為尊敬語，「～ておる」是謙讓語，二者用法完全相反。
>
> [比較：～ていらっしゃる]

◇Ａ：恐れ入りますが、田中部長はいらっしゃいますか。

　Ｂ：申し訳ございません。部長の田中は外出しております。

◇長_{なが}らくご無沙汰しておりました。

◇私は健康のために毎朝ジョギングをしております。

◇海外発送_{はっそう}は受け付けておりませんので、ご了承_{りょうしょう}願います。

◆ Ａ：不好意思，田中經理在嗎？
　 Ｂ：真是抱歉，我們田中經理正外出。

◆ 好久沒向您問候請安了。

◆ 為了健康，我每天早晨慢跑。

◆ 尚未受理海外運送，敬請知悉。

～てございます

［丁寧語］

［意味：～てある］
［接続：Vて−ございます］

> 「～てある」的客氣說法，敘述眼前事物的狀態；「ございます」為「ある」的丁寧語。否定用法為「Vずに-ございます」。

◇お食事が準備してございます。こちらへどうぞ。

◇今申したことはすべてこの資料に書いてございます。

◇資料はこちらに整えてございます。

◇ランチメニューは土・日も変わらずにございます。

◆ 飯菜準備好了，這邊請。
◆ 剛才所說的話都有寫在這份資料裡。
◆ 資料整理好了，在這裡。
◆ 午餐菜單星期六、日亦不更改。

～でございます⌢ぅ

［丁寧語］

［意味：～です］

［接続：N/NA-でございます；A-うございます］

> 比「～です」更客氣的說法，除了慣用語之外，不用
> 於涉及對方的事物。「～うございます」為イ形容詞的
> 接續變化。

［參見：辨析16］

◇はい、鈴木でございます。

◇函館（はこだて）は世界三大夜景として有名でございます。

◇今日はお寒うございますね。　（←寒い）

◇Ａ：ご結婚おめでとうございます。　（←めでたい）

　Ｂ：ありがとうございます。　（←ありがたい）

　◆ 是的，我是鈴木。

　◆ 函館以世界三大夜景聞名。

　◆ 今天真是好冷啊。

　◆ Ａ：恭喜你結婚。

　　 Ｂ：謝謝！

～でいらっしゃる＾くて

[意味：～です]

[接続：N／NA－でいらっしゃる；A－くていらっしゃる]

「～です」的尊敬語，用於尊稱對方的身分條件等各種狀況時的說法。

[比較：～でございます]

◇Ａ：失礼ですが、江口さんでいらっしゃいますか。

　Ｂ：ええ。

◇Ａ：あら、佐藤先生の奥様じゃありませんか。いつまでも若くて（きれいで）いらっしゃいますね。

　Ｂ：まあ、お上手ですね。

◆Ａ：不好意思，請問是江口先生嗎？
　Ｂ：我是。

◆Ａ：啊，這不是佐藤老師的太太嗎？總是這麼年輕(又漂亮)。
　Ｂ：唉呀，你真會說話。

貴～ き

[意味：あなたの～]

[接続：貴＋漢字一字]

> 接頭語。尊稱與第二人稱相關的事物，主要用於書信。常見的造語有「貴社、貴店、貴地、貴会、貴国」等；「貴君」指的是「あなた」。

◇貴兄に折り入ってお頼みしたいことがあります。

◇貴社ますますご隆盛のこととお喜び申しあげます。〔手紙文〕

◇貴会からの6月12日付けの手紙が郵送されてまいりました。

◇大学の後輩である貴君に、私はできる限りの力添えをするつもりです。

◆ 有件事想特別拜託您。

◆ 謹此恭賀貴公司事業日益興隆。

◆ 貴機構6月12日寄出的信件已收到。

◆ 我會盡我所能地幫助大學學弟你。

（御）高～＾尊

（ご）（こう） （そん）

［意味：相手の～］

［接続：高＋漢字一字］

接頭語。尊稱與對方相關的事物，由於尊敬的程度較低，使用時常在前面加「御」，增加敬意。

[參見：辨析17]

◇読者のご叱正、御高見を参考に今後も精進したいと思っております。

◇ご高説よりご教示を得、種々、参考にさせていただきました。

◇御尊顔を拝し、恭悦に存じます。

◇中島先生の御尊父様がご逝去されました。ここに謹んでご報告申しあげます。

◆ 謹以讀者的指正及意見為參考，希望今後更為精進。

◆ 承蒙您的高見指教，讓我獲益良多。

◆ 得以拜見尊容，喜悅之至。

◆ 中島老師的父親辭世了，謹在此通知各位。

愚〜 ^ 小・拙・弊

[謙譲語]

[意味：私の〜]

[接続：愚＋漢字一字]

> 接頭語。謙稱與自身相關的事物；反義詞為「高〜、尊〜、玉〜、令〜、芳〜」等。

[参見：辨析18]

◇愚息は大学をようやく卒業し、今春就職する予定です。

◇小生の愚見を述べさせていただきます。

◇来週の日曜日、拙宅にて簡単なパーティーを催す予定です。

◇時代や環境の変化の中で、弊社におきましては業務編成を徐々に変えつつあります。

◆ 小犬終於從大學畢業，預定今年春天就業。

◆ 請容小弟發表愚見。

◆ 預定下週日在寒舍舉辦簡單的宴會。

◆ 在時代及環境的變化中，敝公司的業務結構正逐漸改變。

拝〜
はい

[謙譲語]

[意味：私が〜する]

[接続：拝＋漢字一字]

> 接頭語。主要與表示動作的漢字結合，謙稱自身動作；常見造語有「拝見（見る）、拝読（読む）、拝察（推察する）、拝借（借りる）、拝聴（聞く）」等，後面接續「する」可構成動詞。

◇切符を拝見いたします。〔電車の中で〕
はいけん

◇初秋の候、皆様にはますますご健勝にてご活躍のことと
しょしゅう こう けんしょう かつやく
拝察申しあげます。〔手紙文〕
はいさつ

◇お送りいただいた論説を拝読し、私の意見を述べさせて
ろんせつ はいどく
いただきます。

◆ 請讓我看一下您的車票。

◆ 初秋之際，想必大家都身體健康並鴻圖大展。

◆ 拜讀了您惠賜之評論，請容我說出個人的意見。

考古題

この間、上田教授がお書きになった論文を、雑誌で
きょうじゅ
＿＿＿＿。

1 拝見いたしました　　　2 お読みになりました

3 お目にかかりました　　4 うけたまわりました

（平成12年2級）

辨析 *1* p24

留意各類動詞與「～まい」的接續。

第Ⅰ類動詞：以辭書形接續。

◆ 「**飲むまい**」「**行くまい**」…

第Ⅱ類動詞：以辭書形接續，或去「る」直接加「まい」。

◆ 「**食べるまい／食べまい**」「**いるまい／いまい**」…

第Ⅲ類動詞：不規則變化。

◆ 「**する**」作「**するまい／しまい／すまい**」

◆ 「**来る**」作「**くるまい／こまい**」

辨析 *2* p30

同樣都是表示在同一段時間內進行兩項動作，但「～かたわら」較偏向長時間持續的抽象行為，而「～ながら」則是描述平常的具體動作。兩者的接續方式也不相同（R-ながら；Nの/Vる-かたわら）。

◆ **田中さんは今、コーヒーを飲みながら（×飲むかたわら）テレビを見ています。**(田中先生正邊喝咖啡邊看電視。)

◆ **このホームページは子育てのかたわら（×子育てをしながら）作っています。**(這個網頁是帶孩子之餘所製作的。)

可試著就「〜がてら」「〜かたがた」與 2 級機能語「〜ついで
に」作個比較。

「〜ついでに」：前接動作性名詞或是動作，表示藉著做
前項動作的時機，連帶做另一項動作。

◈ 大阪に出張するついでに幼なじみに会おうと思っている。
(想趁到大阪出差時順便探望童年好友。)

1.「〜ついでに」意指利用做主要動作的機會，額外追加進
行其他行為，所以是兩個不同的行為。

◈ 駅前のスーパーまで散歩のついでに買い物に行った。
(散步到站前的超市，順便去買東西。)

2.「〜がてら」「〜かたがた」是表示做主要動作的同時，一併
進行後述動作，而且後項通常是前項動作執行過程中的一
部分，經常有一個行為達成兩個目的的含義。

◈ 遊びがてら/かたがた練習する。
(玩耍兼練習。)

3.注意分辨「〜がてら」「〜かたがた」與「〜ついでに」在語
意上的差別。

◈ 駅前のスーパーまで散歩がてら/かたがた買い物に行った。
(散步到站前的超市並去買東西。)
　　　　　　----說話者將散步與到超市買東西視同一件事

附
錄
辨
析

附錄

辨析4

p36

另有連語「Nごとき」的衍生用法，表示輕蔑。但如果是自身的事物，則作謙遜解釋，此時名詞與「ごとき」之間有時也會加「の」。

◇ 鈴木ごときに負けられない。----輕蔑

(我才不會輸給鈴木那傢伙呢。)

◇ 私(の)ごとき未熟者にこんな重要な役が果たせるでしょうか。----謙遜

(像我這樣不嫻熟的人，能夠擔負這樣重要的任務嗎?)

辨析5

p41

類語「～ずに(は)いられない」則只能用於第一人稱的自發情緒，句法結構上也不能以事物為主語。以「感動する」為例:「～ずにはおかない」前面可以是他動詞(包含使役動詞)，採取「～が人を感動させる」的句構，表示事物一定會使人感動。而「～ずに(は)いられない」則是作「人が～に感動する」的句構，前面須為自動詞，用於說明某人情不自禁的感動。

◇ その映画は見る人を感動させずにはおかない。

(那部電影絕對會讓看的人感動。)

◇ その映画を見たら、私は感動せずにはいられない。

(看了那部電影，讓我不禁感動不已。)

附錄 辨析

類語「〜てから」只是單純描述動作發生的先後順序;「〜て
からというもの」則是強調後項事態之所以產生是由於前項
所導致的結果,後文並且常語帶感嘆。兩者用法不同。

◆ **医学部の大学院に入ってから**(×入ってからというもの)、**ワ
クチンの研究に打ち込んできた。**

(進入醫學院的研究所後,就專心致力於病毒的研究。)

◆ **仕事を始めてからというもの、自由に過ごせる時間がなくな
った。**(自從開始工作之後,就沒有自由生活的時間了。)

「〜に足る」與類語「〜にたえる」的用法差異有──

1.「〜に足る」亦可作「〜値する」,表示事物的程度充分到
　達水準,具有給與〜對待的價值。亦可說,該事物的價值
　基本上是外顯的、在表象上可以直覺感受到的。

2.「〜にたえる」則是指事物禁得起〜的對待,因爲禁得起才
　顯示出價值,因此多半和「鑑賞、批判、読む、見る…」等
　表示評鑑或鑑賞的用語搭配,用法不盡相同,須多留意。

◆ (○)**満足に足る結果**　　(足以滿意的結果)
◆ (○)**満足に値する結果**　(值得滿意的結果)
◆ (×)**満足にたえる結果**

附錄　辨析

附錄

辨析 8   *p78*

各項常見造語的語意分別如下：

◆ 「**昔**ながら」(意思是 "往昔"「昔と同じ」「昔のまま」)

◆ 「いつもながら」(意思是 "總是"「いつものこと」)

◆ 「**生まれ**ながら」(意思是 "天生"「生まれつき」)

◆ 「いながら」(意思是 "在"「いるまま」)

◆ 「**涙**ながら」(意思是 "流淚地"「涙を流しながら」「泣きながら」)

辨析 9   *p103*

「～はおろか」後面只能接續負面內容，表示說話者的驚訝、不滿或感嘆；欲接續正面內容時，可考慮用2級文法中教過的「～はもちろん、～はもとより」來表達。

◆ (×)1000万円あればヨーロッパ**はおろか**、世界中どこでも好きな所へ行ける。

◆ (○)1000万円あればヨーロッパはもとより/もちろん、世界中どこでも好きな所へ行ける。

    (如果有1000萬日圓，不僅歐洲，世界各地哪裡喜歡的地方都能去。)

辨析 10 p104

「～ばこそ」意指「除了～的理由之外別無其他」「正因爲是～才有…的結果」，語意中對該理由抱持高度肯定與推崇，作正面用法。類語「～からこそ」則是正面、負面用法皆可。

◆（✗）教育に問題が<u>あればこそ</u>、少年犯罪が年々増加しているのではないだろうか。

◆（〇）教育に問題が<u>あるからこそ</u>、少年犯罪が年々増加しているのではないだろうか。

（正因爲教育有問題，少年犯罪才會年年增加，不是嗎？）

辨析 11 p112

作「～まみれ」只能形容不潔物黏附於體表的模樣，不如2級「～だらけ」的使用範圍廣。

◆（〇）本だらけ 　　（✗）本まみれ

◆（〇）間違いだらけ 　（✗）間違いまみれ

◆（〇）傷だらけ 　　（✗）傷まみれ

附錄 辨析

辨析 *12*

p116

可試著就「～や否や」「～が早いか」「～なり」與2級機能語「～か～ないかのうちに」「～(か)と思うと」以及「～たとたん(に)」作個比較。

「～か～ないかのうちに」：表示就在某個動作似發生未發生的瞬間。強調後項動作的時間點幾乎和前項動作同時，沒有間隔。

◈ 「いってきます」と言い終わるか終わらないかのうちに玄関を飛び出していった。

(才剛說完「我出門囉」，馬上就飛奔出玄關。)

「～(か)と思うと」：表示感覺上前項動作才剛成立，另一項動作就緊接著發生，語氣中帶有意外，常見用於對比的事項。前接動詞た形。

◈ 妹は今勉強を始めたかと思うと、もう居間でテレビを見ている。

(妹妹才剛開始K書，沒想到現在就已經在客廳看電視。)

「～たとたん(に)」：「とたん」的意思是「瞬間」，通常接在動詞た形之後，表示「說時遲那時快」，後頭緊接著發生突如其來的事。

◈ 国から来た手紙を見たとたん、彼女は泣き出してしまった。

(一看到家鄉來的信，她立刻哭了出來。)

1. 「～や否や」「～が早いか」和「～か～ないかのうちに」強調前後動作銜接緊湊，幾乎沒有間隔，中文爲「一～就馬上…」。

◆ ホテルに着くや否や彼に電話した。

（一抵達旅館就馬上打電話給他。）

◆ 彼女は卒業するが早いか、結婚してしまった。

（她一畢業就立刻結婚了。）

2. 「～（か）と思うと」「～なり」前後的動作既緊湊且令人感到意外性。

◆ 私の料理を一口食べるなり、父は変な顔をして席をたってしまった。

（父親才吃了一口我做的菜，立刻表情詭異地離開座位。）

3. 「～たとたん（に）」前後的動作多半有因果關係。

4. 「～なり」只能用於形容同一主語幾乎是同時發生的連續動作。

5. 「～や否や」和「～か～ないかのうちに」是其中唯二亦可用於形容習慣等固定行爲模式的用語。

◆ 子供は毎日家に帰るや否や、テレビを見る。

（小孩子每天一回家就看電視。）

◆ この店は注文したかしないかのうちに、料理が出てくる。

（這家店一點完菜，菜就會立刻端上桌。）

附錄　辨析

附錄

辨析 13 p154

「参る」另有補助動詞「〜てまいる」的用法，意思是「〜てくる」，用於修飾自身動作，且該動作及於對方時，為謙讓語；用於表示一般事物，或是說話者的動作，但與聽者無關時，為丁重語。

◇ これからお見舞いに行ってまいります。----謙讓語

　　(我現在就過去探望您。)

◇ 「皆さん、行ってまいります。」 ----丁重語

　　(各位，我走了。)

◇ 拝啓　梅のつぼみの膨（ふく）らみ、春めいてまいりましたが、…。

　　〔手紙の挨拶文〕----丁重語

　　(敬啓者　梅花含苞待放，顯露春意時節……)

辨析 14 p159

「申し上げる」除了自謙的意思之外，也包含對對方的敬意，但發言的內容必須及於對方，若與對方無關，例如說話者作自我介紹，或是轉述他人談話等時，通常只會用到「申す」，不用「申し上げる」。

◇ 始めまして、〇〇と申します（×申し上げます）。

　　(初次見面您好，敝姓〇〇。)

◇ 父は「……」と申しておりました（×申し上げておりました）。

　　(父親說了「……」。)

附錄

辨析

動詞「召す」通常是作「服を召す」「お酒を召す」，另有常見的慣用詞句如下——

お気を召す：お気にいる

お年を召す：年をとる

風邪を召す：風邪をひく

風呂を召す：風呂に入る

イ形容詞作此用法時的接續較特殊——

1. 「○○●い」的●為あ段時，將「●い」改成「お段＋う」

◈ 高い→たこうございます

◈ 冷たい→つめとうございます

2. 「○○●い」的●為い段時，將「い」改成「ゅう」

◈ （いい/よい→）よろしい→よろしゅうございます

◈ 大きい→おおきゅうございます

◈ 忙しい→いそがしゅうございます

3. 「○○●い」的●為う段或お段時，將「い」改成「う」

◈ 低い→ひくうございます

◈ 寒い→さむうございます

◈ 青い→あおうございます

◈ 細い→ほそうございます

辨析 17 p173

常見的造語有——

（御）高名：相手の名前（名高い）

（御）高配：相手の配慮

（御）高見：相手の意見　　　＝（御）高説

（御）高論：相手の意見、議論

（御）高談：相手の談話

（御）高察：相手の推測

（御）高覧：相手が見ること

（御）高教：相手の教えてくれたこと

（御）高評：相手の批判　　　＝（御）高批

（御）高札：相手の手紙

（御）高堂：相手の家や家族（手紙で使う）

（御）尊顔：あなたのお顔　　　＝（御）尊容

（御）尊名：あなたの名前

（御）尊公：あなた（男性が用いる）＝貴公

（御）尊家：あなたの家、あなた　　＝貴家、尊宅、尊堂

（御）尊父：あなたのお父さん

（御）尊書：お手紙

（御）尊命：ご命令

常見的造語如下，請特別留意「拙～」的發音。

愚考（ぐこう）：自分の考え
愚説（ぐせつ）：自分の説
愚息（ぐそく）：自分の息子　＝豚児（とんじ）
愚弟（ぐてい）：自分の弟
愚妻（ぐさい）：自分の妻

小社（しょうしゃ）：自分の会社
小店（しょうてん）：自分の店
小生（しょうせい）：私（男性が使う）　＝愚生（ぐせい）

拙宅（せったく）：自分の家
拙作（せっさく）：自分の作品
拙著（せっちょ）：自分の著作　＝小著（しょうちょ）
拙文（せつぶん）：自分の書いた文　＝小文（しょうぶん）
拙稿（せっこう）：自分の書いた原稿
拙論（せつろん）：自分の論文、議論

弊社（へいしゃ）：自分の会社
弊店（へいてん）：自分の店
弊校（へいこう）：自分の学校
弊紙（へいし）：自分の会社の新聞
弊誌（へいし）：自分の会社の雑誌

考古題解答 (頁數→答案)

p.20~60

p.20 →	2
p.21 →	1
p.22 →	4
p.23 →	1
p.24 →	3
p.25 →	4
p.26 →	3
p.27 →	3
p.28 →	4
p.29 →	4
p.30 →	1
p.31 →	2
p.32 →	2
p.33 →	4
p.34 →	4
p.35 →	1
p.36 →	1
p.37 →	1
p.38 →	3
p.39 →	2
p.40 →	2
p.41 →	4
p.42 →	2
p.43 →	1
p.44 →	2
p.45 →	3
p.47 →	4
p.48 →	2
p.49 →	2
p.50 →	2

p.51 →	2
p.53 →	3
p.54 →	2
p.55 →	1
p.56 →	2
p.57 →	4
p.58 →	1
p.59 →	3
p.60 →	1

p.61~99

p.61 →	3
p.62 →	2
p.63 →	4
p.65 →	3
p.66 →	1
p.67 →	4
p.68 →	1
p.71 →	1
p.72 →	3
p.73 →	3
p.74 →	1
p.75 →	4
p.76 →	1
p.77 →	2
p.78 →	4
p.79 →	2
p.80 →	4
p.81 →	4
p.82 →	1
p.83 →	1
p.84 →	3

p.85 →	1
p.86 →	1
p.87 →	2
p.90 →	2
p.91 →	1
p.93 →	1
p.94 →	3
p.96 →	1
p.97 →	3
p.98 →	3
p.99 →	4

p.101~127

p.101 →	3
p.102 →	3
p.103 →	4
p.104 →	4
p.105 →	4
p.108 →	2
p.109 →	2
p.110 →	1
p.111 →	4
p.113 →	4
p.114 →	1
p.115 →	2
p.116 →	1
p.117 →	4
p.118 →	4
p.120 →	1
p.121 →	4
p.122 →	4
p.123 →	3

p.124 →	1
p.125 →	1
p.126 →	3
p.127 →	3

敬 語

p.146 →	4
p.149 →	3
p.151 →	3
p.152 →	1
p.155 →	1
p.161 →	1
p.165 →	4
p.175 →	1

參考書籍

❑日本国際教育支援協会、国際交流基金
《日本語能力試験　出題基準》凡人社

❑池松孝子、奥田順子
《「あいうえお」でひく日本語の重要表現文型》専門教育出版

❑グループ・ジャマシイ
《教師と学習者のための日本語文型辞典》くろしお出版

❑坂本正
《日本語表現文型例文集》凡人社

❑白寄まゆみ、入内島一美
《日本語能力試験対応　文法問題集1級・2級》桐原ユニ

❑寺村秀夫、鈴木泰、野田尚史、矢澤真人
《ケーススタディ日本文法》おうふう

❑寺村秀夫
《日本語のシンタクスと意味Ⅱ》くろしお出版

❑友松悦子、宮本淳、和栗雅子
《どんな時どう使う日本語表現文型500 中・上級》アルク

❑阪田雪子、倉持保男
《教師用日本語教育ハンドブック文法Ⅱ》国際交流基金

❑益岡隆志
《基礎日本語文法》くろしお出版

❑宮島達夫、仁田義雄
《日本語類義表現の文法》(上、下)くろしお出版

❑森田良行、松木正恵
《日本語表現文型》アルク

❏森田良行
《基礎日本語辞典》角川書店
《日本語の視点》創拓社

❏鈴木昭夫
《5つのパターンで応用自在 敬語 速攻マスター》日本実業出版社

1級・文法テスト （平成18）

問題Ⅰ　次の文の＿＿＿にはどんな言葉を入れたらよいか。
　　　　1・2・3・4から最も適当なものを一つ選びなさい。

(1)　週末にはドライブ＿＿＿＿、新しい博物館まで行ってみようと思う。

　　　1　なりに　　2　がてら　　3　がちに　　4　ながら

(2)　授業終了のベルを聞くが＿＿＿＿、生徒たちは教室を飛び出して行った。

　　　1　早くて　　2　早いか　　3　早くも　　4　早ければ

(3)　出席状況・学業成績＿＿＿＿、奨学金の支給を停止することもある。

　　　1　のいかんでは　　　　　2　のきわみで
　　　3　といえども　　　　　　4　としたって

(4)　親友は、細かい事情を聞くこと＿＿＿＿、私にお金を貸してくれた。

　　　1　ないで　　2　なくて　　3　なしに　　4　ないか

(5)　指示のとおりにやる＿＿＿＿やったが、結果が出るかどうか自信がない。

　　　1　だけは　　2　だけに　　3　だけこそ　　4　だけさえ

(6) 100キロ_____荷物を3階まで運ぶには、足腰の強い人が3人は必要だ。

　　1　でもない　2　しかない　3　までなる　4　からある

(7) みんなの前で派手に転んで、恥ずかしい_____なかった。

　　1　っきゃ　　2　っては　　3　ったら　　4　ってのに

(8) 証拠となる書類が発見される_____、彼はやっと自分の罪を認めた。

　　1　につけ　　2　にいたって　3　ついでに　4　からには

(9) 外交官としてどう対処するべきか、彼女は身を_____示した。

　　1　かかげて　2　うけて　　3　こめて　　4　もって

(10) 採用の条件には合わないけど、_____もともとだから、この会社に履歴書を出してみよう。

　　1　だめが　　2　だめな　　3　だめに　　4　だめで

(11) あの日の記憶を_____ものなら消してしまいたい。

　　1　消そう　　2　消す　　　3　消せる　　4　消した

(12) 人気俳優が来ると_____、このイベントのチケットはあっという間に売り切れた。

　　1　あって　　2　あれば　　3　思いきや　4　思えば

(13) プロのコックとは_____、彼の料理の腕はなかなかのものだ。

　　1　言わないまでも　　　　　2　言うまでも
　　3　言わないほども　　　　　4　言うほども

(14) 一人であんな危険な場所へ行くとは、無茶_____、無知
_____、とにかく私には理解できない。

1　といい／といい　　　　2　といわず／といわず

3　というか／というか　　4　といって／といって

(15) 一流になるためには、_____努力が必要だ。

1　絶えざる　　　　　　　2　絶えうる

3　絶ええない　　　　　　4　絶えざるをえない

(16) 大寺院の本格的な修理_____、かかる経費も相当なもの
だろう。

1　をかえりみず　　　　　2　ともすると

3　をものともせず　　　　4　ともなると

(17) いなくなったペットを懸命に探したが、結局、その行
方は_____じまいだった。

1　わかる　　2　わからぬ　3　わからない　4　わからず

(18) 検査を受けていればすぐに治った_____、痛みを我慢し
て検査に行かなかったことが悔やまれる。

1　ものに　　2　ものを　　3　ものやら　4　ものか

(19) 的確かどうかわかりませんが、この問題について私_____
考えを述べたいと思います。

1　しだいの　2　なりの　　3　ずくめの　4　ぎみの

(20) 天まで届け_____、声をかぎりに歌った。

1　っぱなしで　　　　　　2　というところが

3　とばかりに　　　　　　4　ながらも

問題Ⅱ　次の文の＿＿＿にはどんな言葉を入れたらよいか。
　　　　1・2・3・4から最も適当なものを一つ選びなさい。

(1)　日本滞在経験のある彼だが、日本語でできるのはあい
　　さつや自己紹介＿＿＿＿＿。

　　　　1　といってはいられない　　2　というほどだ

　　　　3　といったところだ　　　　4　というものでもない

(2)　食事をしているときまで、他人のたばこの煙を吸わさ
　　れるのは、迷惑＿＿＿＿＿。

　　　　1　きわまりない　　　　　　2　きわまらない

　　　　3　きわまりえない　　　　　4　きわめない

(3)　人は年をとると、周りの人の忠告に耳を貸さなくなる
　　＿＿＿＿＿。

　　　　1　きざしがある　　　　　　2　あてがある

　　　　3　みこみがある　　　　　　4　きらいがある

(4)　こんなに弱い選手ばかりでは、次の試合に＿＿＿＿＿。

　　　　1　勝たずにはおかない　　2　勝つにはおよばない

　　　　3　勝てっこない　　　　　4　勝ってもさしつかえない

(5)　遅刻ならともかく、無断欠勤＿＿＿＿＿。

　　　　1　などもってのほかだ　　2　は何よりだ

　　　　3　もやっとだ　　　　　　4　のほうがましだ

(6) あの企業が相手では、高層ビル建設の反対運動をしたと
ころで、建設の計画は中止に＿＿＿＿＿。

　　1　なるだろう　　　　　　　2　ならないだろう

　　3　なるばかりだ　　　　　　4　ならないばかりだ

(7) 体を鍛えようとジョギングを始めたが、走りすぎて膝を
痛めてしまい、病院に通う＿＿＿＿＿。

　　1　結果だ　　　2　始末だ　　　3　一方だ　　　4　のみだ

(8) 大変な困難を伴う仕事だが、夜を徹して行えば、できな
い＿＿＿＿＿。

　　1　ものでもない　　　　　　2　ではいられない

　　3　わけにはいかない　　　　4　までもない

(9) あんなに巨大な建物を大昔の人が造ったとは、不思議と
しか＿＿＿＿＿。

　　1　言うにちがいない　　　　2　言うほどではない

　　3　言ってたまらない　　　　4　言いようがない

(10) 野菜の輸入規制の緩和は農業政策の根本に＿＿＿＿＿。

　　1　たえない　　2　かかわる　　3　かぎる　　　4　かなわない

問題Ⅲ　次の文の＿＿＿にはどんな言葉を入れたらよいか。
　　　　1・2・3・4から最も適当なものを一つ選びなさい。

(1)　これからは、人はみな自分の健康は自分で管理しなけ
　　ればならない。子どもとはいえ、＿＿＿＿。

　　　1　親の責任だ　　　　　　　2　健康ではない

　　　3　例外ではない　　　　　　4　そうするのは無理だ

(2)　山口「就職するんだったら、やっぱり社会的に信用の
　　　　　　ある大きい会社がいいな。」

　　　田中「そうはいっても、＿＿＿＿。」

　　　1　大きい会社なら、信用があるだろう

　　　2　小さい会社は給料が安いからね

　　　3　そういう会社のほうが信用されるだろう

　　　4　そういう会社には入るのが難しいよ

(3)　社長のスピーチ、早く＿＿＿＿。いつも長くて困るよ。

　　　1　終わらないかな　　　　2　終わろうかな

　　　3　終わるぐらいだな　　　4　終わってしょうがないな

(4)　彼女は若いときに両親を亡くし、20代で父親の工場を
　　継いで、倒産の危機も何回か経験した。＿＿＿＿、工場経
　　営の厳しさを知り尽くしている。

　　　　1　それをよそに　　　　2　それにひきかえ

　　　　3　それにもまして　　　4　それゆえに

(5) 当ホテルは盗難についての責任を＿＿＿＿。貴重品は各
自で保管してください。

　　1　負わずにいられません　　2　負いかねます

　　3　負いかねません　　　　　4　負わずにおきません

正解：

問題 I

(1) 2   (2) 2   (3) 1   (4) 3

(5) 1   (6) 4   (7) 3   (8) 2

(9) 4   (10) 4   (11) 3   (12) 1

(13) 1   (14) 3   (15) 1   (16) 4

(17) 4   (18) 2   (19) 2   (20) 3

問題 II

(1) 3   (2) 1   (3) 4   (4) 3

(5) 1   (6) 2   (7) 2   (8) 1

(9) 4   (10) 2

問題 III

(1) 3   (2) 4   (3) 1   (4) 4

(5) 2

1級・文法テスト　（平成17）

問題 I　次の文の＿＿にはどんな言葉を入れたらよいか。
　　　　1・2・3・4から最も適当なものを一つ選びなさい。

(1)　水を＿＿＿＿にして、歯を磨くのはもったいないですよ。

　　　1　出しがてら　　　　　　2　出しっぱなし

　　　3　出すほど　　　　　　　4　出すのみ

(2)　この試験は非常に難しく、私も4回目＿＿＿＿ようやく合
　　格できた。

　　　1　にして　　　2　におうじて　3　にしたがい　4　にくわえ

(3)　外国語教育について、政府の方針に＿＿＿＿計画を立てた。

　　　1　ついだ　　　2　至った　　　3　即した　　　4　比した

(4)　当劇団は評判がよく、明日の公演を＿＿＿＿、今年は10都
　　市をまわる予定である。

　　　1　かわきりに　2　かえりみず　3　前にして　4　禁じえず

(5)　最近の若い親と＿＿＿＿、子どもが電車の中で騒いでいて
　　も、ちっとも注意しようとしない。

　　　1　あれば　　　2　いえども　3　ばかりに　4　きたら

(6)　お忙しい＿＿＿＿恐れ入りますが、どうかよろしくお願い
　　申し上げます。

　　　1　ところを　2　ものを　　3　ときを　　　4　ことを

(7) 1年に1回ぐらい_____、こんなにしょっちゅう停電するようでは、普段の生活にもさしつかえる。

    1　ならまだしも　　　　　　2　ともなると

    3　にあって　　　　　　　　4　ほどでなくても

(8) こうして私たちが商売を続けられるのも、お客様_____のものと感謝しております。

    1　だって　　2　あって　　3　かぎり　　4　ばかり

(9) こんなに騒がしい部屋では、赤ん坊を_____寝かせられない。

    1　寝かせるかたわら　　　　2　寝かせつつも

    3　寝かせるがはやいか　　　4　寝かせようにも

(10) この道具を一度_____、あまりの便利さに手放せなくなってしまった。

    1　使わないにしろ　　　　　2　使っただけあって

    3　使ってからというもの　　4　使ってからでなければ

(11) 今年は、息子の結婚、孫の誕生と、めでたいこと_____一年だった。

    1　まみれの　　2　ずくめの　　3　めいた　　4　っぽい

(12) 大学生の就職は、今年は去年_____さらに厳しい状況になることが予想される。

    1　にからんで　　　　　　　2　にかかわらず

    3　にのっとって　　　　　　4　にもまして

(13) 電車が駅に止まり、ドアが開く_____、彼は飛び出していった。

1　ことなしに　2　やいなや　3　ともなしに　4　におよんで

(14)　暑い日に草むしりをしていたら、汗が滝_____流れて
きた。

　　　1　のごとく　2　なりに　　3　らしく　　4　じみて

(15)　腰に痛みがあると、運動_____、日常生活でもいろい
ろ不便なことが多い。

　　　1　をよそに　2　はどうあれ 3　をふまえて 4　はおろか

(16)　彼はたび重なる困難を_____、前に進んでいった。

　　　1　こめて　　　　　　　　2　とわず
　　　3　ものともせず　　　　　4　たよりに

(17)　会社名が変わるのを_____、社員の制服も新しくする
ことが決められた。

　　　1　めぐって　2　越えて　　3　おいて　　4　契機に

(18)　好きなことを職業にする人が多いが、私は映画が_____、
職業にはしないことにした。

　　　1　好きだからこそ　　　　2　好きなわりには
　　　3　好きなどころか　　　　4　好きというより

(19)　国会議員_____、公務員_____、税金は納めなければな
らない。

　　　1　というか／というか　　2　だろうが／だろうが
　　　3　なり／なり　　　　　　4　だの／だの

(20)　留学する_____、勉強だけでなく、その国の文化を学
んだり交流をしたりしたいと思う。

　　　1　一方で　　2　あげくに　3　以上は　　4　末には

問題II　次の文の＿＿＿にはどんな言葉を入れたらよいか。
　　　　1・2・3・4から最も適当なものを一つ選びなさい。

(1)　小学校からずっと仲のよかった彼女が遠くに引っ越す
　　のは、寂しい＿＿＿＿＿。

　　　1　ほかない　　　　　　　2　に限る

　　　3　限りだ　　　　　　　　4　にほかならない

(2)　台風の被害にあった人々のため、一日も早い生活環境の
　　整備を＿＿＿＿＿。

　　　1　願っていられない　　　2　願うわけでもない

　　　3　願いようもない　　　　4　願わずにはいられない

(3)　首相が誰になるかは、日本の将来＿＿＿＿＿ことだ。

　　　1　に基づく　　　　　　　2　にかかわる

　　　3　にかたくない　　　　　4　に相違ない

(4)　この地域の再開発に自分がかかわることになろうとは＿＿＿＿＿。

　　　1　想像すらしていなかった　2　想像することができた

　　　3　想像さえしたわけだ　　　4　想像しないではいられない

(5)　この作品の芸術的価値は高く、十分、今回の展覧会に出
　　品する＿＿＿＿＿。

　　　1　にとどまる　2　にすぎない　3　にたる　　4　にこたえる

(6) 就職が決まらなくても困らない。アルバイトをして生活する＿＿＿＿＿。

　　1　までだ　　2　かわりだ　3　とおりだ　4　ほどだ

(7) 新しく来たコーチに対する彼の態度は、コーチとして認めないと＿＿＿＿＿。

　　1　言うまでもない　　　　　2　言いがたい

　　3　言わんばかりだ　　　　　4　言わなくもない

(8) 　君たちが成功するかどうかは、与えられたチャンスをどう使うかに＿＿＿＿＿。

　　1　たえない　　　　　　　　2　かかっている

　　3　かなっている　　　　　　4　あたらない

(9) 地元の住民の反対を無視した開発は＿＿＿＿＿。

　　1　進めずにおくものか　　　2　進めるべきだ

　　3　進めずにはおかない　　　4　進めるべきではない

(10) 国際交流を進めるには、相手を理解しようとする姿勢＿＿＿＿＿。

　　1　は否めない　　　　　　　2　をかえりみない

　　3　が欠かせない　　　　　　4　を異にする

問題Ⅲ　次の文の＿＿＿にはどんな言葉を入れたらよいか。
　　　　1・2・3・4から最も適当なものを一つ選びなさい。

(1)　最近の祭りは以前ほど活気がなくなってきた。仕事を
　　　＿＿＿＿行く必要はないだろう。

　　　1　休むことなく　　　　　2　休まないで
　　　3　休まないまでも　　　　4　休んでまで

(2)　政治家は国民全体の利益を考えるべきだ。自分の利益
　　　のために法律を変える＿＿＿＿。

　　　1　ことにしくはない　　　2　ことがあってはならない
　　　3　ことともいえる　　　　4　ことにならない

(3)　複雑なニュースでもできるだけわかりやすく解説する工
　　　夫が必要だ。ともすれば＿＿＿＿。

　　　1　ニュースもわかりやすくしすぎてしまう
　　　2　ニュースは早く伝えすぎることはない
　　　3　ニュースには難しい言葉が使われがちである
　　　4　ニュースも簡単になる傾向がある

(4)　私は医者として、できるだけ患者の不安や悩みを聞き、
　　　患者が安心して医療を受けられるよう努力している。し
　　　かし、そこまでせずに、＿＿＿＿。

　　　1　薬を飲まない患者もいる

2　薬だけ出して済ませる医者もいる

3　不安になる医者もいる

4　医者に行かなくなる患者もいる

(5)　航空、レジャー関連企業が若者に人気があるという。海
外旅行が珍しい時代ではあるまいし、＿＿＿＿。

1　どうして若者はそういった企業に行きたがるのだろうか

2　若者は、海外へあこがれる気持ちが強いのだろう

3　航空、レジャー関連企業は珍しい仕事なのだろう

4　どうして若者は海外旅行へ行くのだろうか

正解：

問題 I

(1) 2	(2) 1	(3) 3	(4) 1
(5) 4	(6) 1	(7) 1	(8) 2
(9) 4	(10) 3	(11) 2	(12) 4
(13) 2	(14) 1	(15) 4	(16) 3
(17) 4	(18) 1	(19) 2	(20) 3

問題 II

(1) 3	(2) 4	(3) 2	(4) 1
(5) 3	(6) 1	(7) 3	(8) 2
(9) 4	(10) 3		

問題 III

(1) 4	(2) 2	(3) 3	(4) 2
(5) 1			

日本語能力試験

１級・文法テスト　（平成16）

問題Ｉ　次の文の＿＿＿にはどんな言葉を入れたらよいか。
　　　　１・２・３・４から最も適当なものを一つ選びなさい。

(1)　当社では学歴を＿＿＿＿多くの優秀な人材を集めるため、
　　履歴書の学歴欄を廃止した。

　　　　１　もって　　２　問わず　　３　皮切りに　４　こめて

(2)　二酸化炭素を多く発生させている国の協力＿＿＿＿、温暖
　　化を防ぐことはできないだろう。

　　　　１　をひかえ　２　ぬきには　３　までなら　４　にひきかえ

(3)　アパートの住人が突然追い出される＿＿＿＿保護する必要
　　がある。

　　　　１　ことになるよう　　　　　２　ことのないよう
　　　　３　ことにすればこそ　　　　４　ことがなければこそ

(4)　周囲の人が反対＿＿＿＿、私の気持ちは変わらない。

　　　　１　しないとばかりに　　　　２　したそばから
　　　　３　しようとしまいと　　　　４　するとすれば

(5)　彼は会社勤めの＿＿＿＿、福祉活動に積極的に取り組んで
　　いる。

　　　　１　かたわら　２　あまり　　３　うちに　４　いかんで

(6) 厳しい経済状況＿＿＿＿＿、就職は非常に困難だった。

　　1　ときたら　　　　　　　2　とおもいきや

　　3　にもかかわらず　　　　4　もあいまって

(7) 国際政治の専門家＿＿＿＿＿、日々変化する世界情勢を分析

　するのは難しい。

　　1　とあって　2　にしては　3　にかけては　4　といえども

(8) 著名な画家の行方不明になっていた作品が発見＿＿＿＿＿、

　非常に喜ばしいことだ。

　　1　されたとは　　　　　　2　されては

　　3　されるのには　　　　　4　されるかどうか

(9) 様々な苦難に＿＿＿＿＿、あきらめないで最後までやりぬいた。

　　1　あいながらも　　　　　2　あわんがため

　　3　あうともなれば　　　　4　あったがはやいか

(10) 先生方のご指導や友人の助け＿＿＿＿＿、論文を書き上げられ

　なかっただろう。

　　1　にもまして　2　のおかげで　3　のいたりで　4　なしには

(11) 私が事業で成功できたのは、自分＿＿＿＿＿工夫を重ねたか

　らだと思います。

　　1　とはいえ　2　にかかわり　3　なりに　　4　なくして

(12) ドアのところに私のかさを＿＿＿＿＿いいですか。

　　1　置かせてくださっても　　2　お置きくださっても

　　3　置かせていただいても　　4　お置きになっても

(13) ウイルスの感染経路を明らかに_____調査が行われた。

1　すまじと　　　　　　　2　すべく

3　するはおろか　　　　　4　すべからず

(14) カメラマンは自らの命も_____戦場に向かった。

1　かぎりに　2　すえに　　3　かえりみず　4　さることながら

(15) 部下を評価する立場になると、優しすぎる_____思い悩む人も少なくない。

1　ほどには　2　上には　　3　とばかりに　4　がゆえに

(16) 親の期待を_____、子供たちは毎日ゲームに熱中している。

1　もとに　　2　きっかけに　3　よそに　　4　めぐって

(17) 募金で集めたお金は1円_____無駄にできない。

1　もかまわず　　　　　　2　もそこそこに

3　かたがた　　　　　　　4　たりとも

(18) 母は、ぼんやり、テレビを見るとも_____見ていた。

1　なしに　　2　なくて　　3　ないで　　4　ないと

(19) 本のタイトルさえ分かれば、_____もあるのだが。

1　探そう　　2　探しよう　3　探しそう　4　探すよう

(20) 一言も_____帰ってしまった。

1　しゃべりもしないで　　　2　しゃべらなかったとて

3　しゃべらなければ　　　　4　しゃべらざるとも

問題Ⅱ　次の文の＿＿＿にはどんな言葉を入れたらよいか。
　　　　1・2・3・4から最も適当なものを一つ選びなさい。

(1)　私たちは、彼の突然の辞職に、戸惑いを＿＿＿＿＿。

　　　1　おぼえさせた　　　　　　2　余儀なくさせた

　　　3　感じきれなかった　　　　4　禁じえなかった

(2)　自分の目で確かめない限り、そんな恐ろしいことは誰
　　も＿＿＿＿＿。

　　　1　信じまい　　　　　　　　2　信じかねない

　　　3　信じよう　　　　　　　　4　信じきれる

(3)　このような結果は十分予想できたことであり、驚くほど
　　の＿＿＿＿＿。

　　　1　わけではない　　　　　　2　ようではない

　　　3　ところではない　　　　　4　ことではない

(4)　そんなに頼むのなら、その仕事を代わって＿＿＿＿＿。

　　　1　やらないものだ　　　　　2　やらないものでもない

　　　3　やったものだ　　　　　　4　やったものでもない

(5)　あとは表紙をつけるだけだから、クラスの文集はもう
　　＿＿＿＿＿。

　　　1　できないのも無理はない　2　できないも同然だ

　　　3　できるのも無理はない　　4　できたも同然だ

(6) どんなに安全な地域でも、ドアの鍵を二つつけるなど

_____。

　　1　用心するにこしたことはない

　　2　用心するにたりない

　　3　用心したくてならない

　　4　用心しがいがない

(7) 事故はあまりにも突然で、私は何もできず、ただ_____。

　　1　ぼう然とするまでもなかった

　　2　ぼう然としがちだった

　　3　ぼう然とするのみだった

　　4　ぼう然とするきらいがあった

(8) 試験終了時間まであと数分だから、この問題にそんなに
時間をかけては_____。

　　1　かなわない　　　　　　2　しかたがない

　　3　いられない　　　　　　4　いなめない

(9) 美しかった森林が、開発のためすべて切り倒され、見る
に_____。

　　1　たえない　　　　　　2　たえる

　　3　たえていない　　　　4　たえた

(10) 健康的にやせるためには、薬をのんだり食事をぬいたり
するより、まずよく体を動かす_____。

　　1　一方だ　　2　ことだ　　3　限りだ　　4　始末だ

問題Ⅲ 次の文の＿＿にはどんな言葉を入れたらよいか。
1・2・3・4から最も適当なものを一つ選びなさい。

(1) 今年は景気が非常に悪く、ボーナスが出なかった。しか
し、給料がもらえる＿＿＿＿＿。
　　1　だけましだ　　　　　　2　までのことだ
　　3　かいがある　　　　　　4　ほどではない

(2) 多くの困難にも負けず、努力を続けている彼女はすば
らしい。私は彼女の成功を＿＿＿＿＿。
　　1　願うわけにはいかない　2　願ってやまない
　　3　願うにはあたらない　　4　願わないばかりだ

(3) 毎日遅くまで、必死に頑張る＿＿＿＿＿。そんなことをし
て、体をこわしては意味がない。
　　1　べきだ　　　　　　　　2　つもりだ
　　3　ことはない　　　　　　4　にちがいない

(4) 彼はいつも仕事が雑だ。間違いを＿＿＿＿＿。
　　1　あげがたい　　　　　　2　あげればきりがない
　　3　あげてもしれている　　4　あげるわけがない

(5) この精密機械は水に弱い。水が＿＿＿＿＿。
　　1　かかって当たり前だ　　2　かかろうとも平気だ
　　3　かかるぐらいのことだ　4　かかればそれまでだ

(6) 友だちが、余っていたコンサートの券を1枚くれた。それで、私は券を_____。

1 買わずにはいられなかった

2 買わざるをえなかった

3 買わずにすんだ

4 買わずにはすまなかった

正解：

問題 I

(1) 2	(2) 2	(3) 2	(4) 3
(5) 1	(6) 4	(7) 4	(8) 1
(9) 1	(10) 4	(11) 3	(12) 3
(13) 2	(14) 3	(15) 4	(16) 3
(17) 4	(18) 1	(19) 2	(20) 1

問題 II

(1) 4	(2) 1	(3) 4	(4) 2
(5) 4	(6) 1	(7) 3	(8) 3
(9) 1	(10) 2		

問題 III

(1) 1	(2) 2	(3) 3	(4) 2
(5) 4	(6) 3		

1級・文法テスト （平成15）

問題I　次の文の＿＿にはどんな言葉を入れたらよいか。
　　　　1・2・3・4から最も適当なものを一つ選びなさい。

(1)　連休中、海や山は言うに＿＿＿＿、公園や博物館まで親子
　　連れであふれていた。

　　　1　および　　2　およんで　3　およばず　4　およばなくて

(2)　新入社員＿＿＿＿、入社8年にもなる君がこんなミスをす
　　るとは信じられない。

　　　1　とすれば　　　　　　　2　ともなれば
　　　3　なるがゆえに　　　　　4　ならいざしらず

(3)　彼に一言でも＿＿＿＿、あっという間にうわさが広がって
　　しまうだろう。

　　　1　話そうとも　　　　　　2　話すにしても
　　　3　話そうものなら　　　　4　話すにとどまらず

(4)　彼女はここ1か月＿＿＿＿授業を休んでいる。

　　　1　としては　　　　　　　2　というもの
　　　3　ともなると　　　　　　4　としてみると

(5)　私の妹は両親の反対＿＿＿＿結婚した。

　　　1　をおして　2　をおいて　3　につけても　4　にてらして

(6) 皆の前でこれが正しいと言ってしまった_____、今さら
自分が間違っていたとは言いにくい。

1 てまえ　　2 ものの　　3 ところ　　4 ままに

(7) 部屋の中の物は、机_____いす_____、めちゃくちゃに
壊されていた。

1 によらず／によらず　　2 というか／というか

3 といわず／といわず　　4 においても／においても

(8) 好きなことを我慢_____長生きしたいとは思わない。

1 してまで　2 せずとも　3 させないで　4 されるくらい

(9) 日本全国、その地方_____名産がある。

1 なみに　　2 ながらの　3 なりとも　4 ならではの

(10) 周囲の人々の興奮_____、賞をもらった本人はいたって
冷静だった。

1 ときたら　2 かたがた　3 にひきかえ　4 のかぎりに

(11) そのパソコン、捨てる_____私にください。

1 のみか　　2 もので　　3 くらいなら　4 かいもなく

(12) 新しい条約は、議会の承認を_____認められた。

1 経て　　　2 機に　　　3 かねて　　4 ひかえて

(13) 彼のやったことは、人としてある_____残酷な行為だ。

1 べき　　　2 まじき　　3 ごとき　　4 らしき

(14) 皆さんお帰りになった_____、そろそろ会場を片づけ
ましょう。

　　1　ことに　　2　ことで　　3　ことだし　4　こととて

(15) いたずらをしていた生徒たちは、教師が来たと_____
いっせいに逃げ出した。

　　1　みるや　　2　みたら　　3　してみると　4　するならば

(16) こんな貴重な本は、一度手放した_____、二度と再び
この手には戻って来ないだろう。

　　1　そばから　2　とたんに　3　ところで　4　がさいご

(17) 昨日の飛行機事故は、世界中に衝撃_____伝えられ
た。

　　1　めいて　　2　をもって　3　なしには　4　にそくして

(18) わざわざ_____、私は自分の責任を認めている。

　　1　言われるには　　　　　　2　言うにあたらず

　　3　言うからしても　　　　　4　言われるまでもなく

(19) 今日の会合には、どんな手段を_____時間どおりに到
着しなければならない。

　　1　使いつつ　2　使ってでも　3　使ううちに　4　使おうとして

(20) 国会で法案を_____首相は根回し工作を開始した。

　　1　通せばこそ　　　　　　　2　通るまいと

　　3　通さんがため　　　　　　4　通ろうとして

問題Ⅱ　次の文の＿＿＿にはどんな言葉を入れたらよいか。

　　　　1・2・3・4から最も適当なものを一つ選びなさい。

(1)　子どもたちが学校へ通う道なのに、信号がないのは危

　　険＿＿＿＿＿＿。

　　　　1　しだいだ　2　にたえない　3　かぎりない　4　きわまりない

(2)　世界的に有名な俳優と握手できたなんて、感激の＿＿＿＿＿＿。

　　　　1　せいだ　　　2　ことだ　　　3　きわみだ　4　ところだ

(3)　ここ数年、この町の人口は減る＿＿＿＿＿＿。

　　　　1　上だ　　　　2　一方だ　　　3　通りだ　　4　代わりだ

(4)　たった１回の授業では、とてもこの本の内容を説明

　　＿＿＿＿＿＿。

　　　　1　しうる　　　2　しそうだ　3　したはずだ　4　しきれない

(5)　100万円も払ってこんな役に立たない機械を買うのは君

　　＿＿＿＿＿＿。

　　　　1　だけのものだ　　　　　　2　ほどのものだ

　　　　3　ぐらいのものだ　　　　　4　ばかりのものだ

(6)　戦争で多くの人が殺されているなんて、これが悲劇＿＿＿＿＿＿。

　　　　1　でやまない　　　　　　　2　でなくてなんだろう

　　　　3　だといったところだ　　　4　だといったらありはしない

(7) どのコンピュータにしたらよいか、なかなか一つには
　　　＿＿＿＿＿。

　　　1　決めがたい　　　　　　　2　決めかねない

　　　3　決めるしかない　　　　　4　決めてたまらない

(8) 土地が高い都会では、家などそう簡単に手に入る＿＿＿＿＿。

　　　1　べきだ　　　　　　　　　2　べくもない

　　　3　べきではない　　　　　　4　べからざるものだ

(9) この交通事故の原因は、運転者が前をよく見ていなかっ
　　　たためだと＿＿＿＿＿。

　　　1　見させる　　　　　　　　2　見えている

　　　3　見られている　　　　　　4　見させられる

(10) 彼女は、何でもものごとを悪い方に考える＿＿＿＿＿。

　　　1　にあたる　　　　　　　　2　きらいがある

　　　3　にかたくない　　　　　　4　上でのことだ

問題Ⅲ 次の文の＿＿＿にはどんな言葉を入れたらよいか。
　　　1・2・3・4から最も適当なものを一つ選びなさい。

(1)　国の経済は、鉄道やトラックなどによる貨物の輸送に
　　依存している。国全体に広がる交通網＿＿＿＿、１日たり
　　とも成り立たない。

　　　1　以上に　　2　にそって　3　をよそに　4　なくしては

(2)　彼は本当に仕事をする気があるのかどうか、疑いたく
　　なる。遅刻はする、約束は忘れる、ついには居眠り運転
　　で事故を起こす＿＿＿＿。

　　　1　までだ　　2　あげくだ　3　おかげだ　4　しまつだ

(3)　友人の一人娘が結婚することになった。さぞ喜んでいる
　　だろう＿＿＿＿、娘がいなくなるさびしさに、ため息ばか
　　りついているそうだ。

　　　1　と思いきや　　　　　　2　といえども

　　　3　とばかりに　　　　　　4　というもので

(4)　私の家のまわりは、歴史のある神社やお寺が多く、海に
　　も近いため、有名な観光地になっている。休日ともなる
　　と、＿＿＿＿。

　　　1　ぜひ多くの人に遊びに来てほしい

　　　2　一日中人通りも少なく静かになる

3　訪れる観光客の数を規制するべきだ

　　4　朝から観光客の車で道路が渋滞する

(5)　息子は、学校に行く際に、必ずと言っていいほど忘れ物
　をする。出かけたかと思うと＿＿＿＿＿＿。

　　1　忘れ物を届けに行く

　　2　すぐ忘れ物を取りに帰ってくる

　　3　夜になって忘れ物を確認している

　　4　次の日まで忘れ物のことを思い出さない

(6)　80才の祖母は、この間階段で転んで足を痛め、歩くの
　が不自由になってしまった。＿＿＿＿＿＿、全く歩けないとい
　うことではないので、家事をするには問題ないとのこと
　だ。

　　1　とはいえ　　　　　　2　それゆえに

　　3　だとしたら　　　　　4　それにしては

正解：

問題 I

(1) 3	(2) 4	(3) 3	(4) 2
(5) 1	(6) 1	(7) 3	(8) 1
(9) 4	(10) 3	(11) 3	(12) 1
(13) 2	(14) 3	(15) 1	(16) 4
(17) 2	(18) 4	(19) 2	(20) 3

問題 II

(1) 4	(2) 3	(3) 2	(4) 4
(5) 3	(6) 2	(7) 1	(8) 2
(9) 3	(10) 2		

問題 III

(1) 4	(2) 4	(3) 1	(4) 4
(5) 2	(6) 1		

日檢獨家

史上最強

根據《日本語能力試驗 出題基準》
完整收錄四到一級的文法概念，
最能貼近考試脈動，提升文法實力。

◉日語能力檢定系列 **文法一把抓**

獨家特色

貼近考試脈動，提升解題能力！
◎統計各機能語歷年出題次數
◎當頁提供考古題掌握考題趨勢

2級 文法一把抓
1級 文法一把抓

統計歷年出題次數

精闢的中文講解

簡潔的日日解說

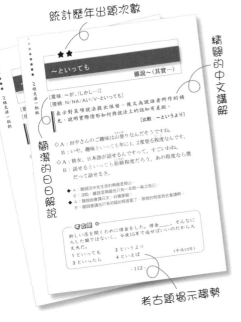

考古題揭示趨勢

特別推薦　　2級・1級 檢單

隨身攜帶輕鬆背，熟記字彙真**檢單**

2級 檢單
1級 檢單

独学 日本語系列

口訣式 日語動詞

熟記口訣，
日語動詞變化不難學！！

辭書形、ます形、て形、た形、ない形、ば形、命令形、意向形、被動形、使役形、使役被動形‧‧‧

本書將會教你──

最簡單的日語動詞變化記憶法
以及
如何快速熟記各種動詞變化形的規則

方法對了，學習其實可以很輕鬆！